KB023303

꽃샘바람에 흔들린다면 너는 꽃

꽃샘바람에 흔들린다면 너는 꽃

류시화 시집

수오서재

친애하는 독자여, 나는 그대가 아니고 그대는 내가 아니기에
내 노래가 그대의 노래는 아니며
내 희망이 그대의 희망은 아니리라

다만 우리 모두 회전하는 행성 위에 있다는 것
지금은 내 시가 그대에게 가닿지 않더라도
때로는 내 문장이 겨울을 이야기할지라도
단어들이 꽃씨처럼 땅에 흩어지기를

때가 되면 우리는 어떻게든
다시 꽃 피우는 법 기억해 낼 것이니
우리가 알고 있지만 자주 잊어버리는 마법을

그러므로 친애하는 독자여,
그대의 삶이 시를 잃었을 때
그대가 기억하는 내 시 한 편이
봄을 담고 그대에게 다가가기를

류시화

차례

초대

손을 내밀어 보라
다친 새를 초대하듯이
가만히
날개를 접고 있는
자신에게
상처에게

손을 내밀어 보라
언 꽃나무를 초대하듯이
겹겹이
꽃잎을 오므리고 있는
자신에게
신비에게

손을 내밀어 보라
부서진 적 있는 심장을 초대하듯이
숨죽이고
문 앞에서 기다리고 있는

자신에게
기쁨에게

그런 사람

봄이면 꽃마다 찾아가 칭찬해 주는 사람
남모르는 상처 입었어도
어투에 가시가 박혀 있지 않은 사람
숨결과 웃음이 잇닿아 있는 사람
자신이 아픔이면서 그 아픔의 치료제임을 아는 사람
이따금 방문하는 슬픔 맞아들이되
기쁨의 촉수 부러뜨리지 않는 사람
한때 부서져서 온전해질 수 있게 된 사람
사탕수수처럼 심이 거칠어도
존재 어느 층에 단맛을 간직한 사람
좋아하는 것 더 오래 좋아하기 위해
거리를 둘 줄 아는 사람
어느 길을 가든 자신 안으로도 길을 내는 사람
누구에게나 자기 영혼의 가장 부드러운 부분
내어 주는 사람
아직 그래 본 적 없지만
새알을 품을 수 있는 사람
하나의 얼굴 찾아서

지상에 많은 발자국 낸 사람

세상이 요구하는 삶이

자신에게 너무 작다는 걸 아는 사람

어디에 있든 자신 안의 고요 잃지 않는 사람

마른 입술은

물이 보내는 소식이라는 걸 아는 사람

꽃샘바람에 흔들린다면 너는 꽃

꽃샘바람에 흔들린다면
너는 꽃이다

모든 꽃나무는
홀로 봄앓이하는 겨울
봉오리를 열어
자신의 봄이 되려고 하는

너의 전 생애는
안으로 꽃 피려는 노력과
바깥으로 꽃 피려는 노력
두 가지일 것이니

꽃이 필 때
그 꽃을 맨 먼저 보는 이는
꽃나무 자신

꽃샘추위에 시달린다면

너는 곧 꽃 필 것이다

야생화

만약 원한다면
야생화처럼 살라
단, 꽃을 피우라
꼭
다음 봄까지
살아남으라

선운사 동백

당신과 나
그 사이에
아무도 없던 적이 있었다
오직 붉은 동백만이

모든 꽃은 다음에 피는 꽃에
지는 법

지금은
심장처럼 바닥에 떨어진
붉은 동백만이

당신과 나
그 사이에

나는 투표했다

나는 첫 민들레에게 투표했다
봄이 왔다고 재잘대는 시냇물에게 투표했다
어둠 속에서 홀로 지저귀며
노래값 올리는 밤새에게 투표했다
다른 꽃들이 흙 속에 잠들어 있을 때
연약한 이마로 언 땅 뚫고
유일하게 품은 노란색 다 풀어 꽃 피우는
얼음새꽃에게 투표했다

나는 흰백일홍에게 투표했다
백 일 동안 피고 지고 다시 피는 것이
백 일을 사는 방법임을 아는 꽃에게 투표했다
두 심장 중에서 부서진 적 있는 심장에게 투표했다
부적처럼 희망을 고이 접어
가슴께에 품는 야생 기러기에게 투표했다

나는 잘린 가지에 돋는 새순의 연두색 용지에 투표했다
선택된 정의 앞에서는 투명해져 버리는

투표용지에 투표했다
'내가 틀릴 수도 있다'와 '네가 틀릴 수도 있다' 중에서
'내가 틀릴 수도 있다'에 투표했다
'나는 바다이다'라고 노래하는 물방울에게 투표했다

나는 별들이 밤하늘에 쓰는 문장에 투표했다
삶이 나에게 화가 난 것이 아니라
내가 삶에게 화가 난 것이라는 문장에,
아픔의 시작은 다른 사람에게 있을지라도
그 아픔 끝내는 것은 나에게 달려 있다는 문장에,
오늘은 나의 몫, 내일은 신의 몫이라는 문장에 투표했다

내 가슴이 색을 잃었을 때
물감 빌려주는 엉겅퀴에게 나는 투표했다
새벽을 훔쳐 멀리 달아났던 스무 살에게,
몸은 돌아왔으나 마음은 그 시간에 머물러 있는
사랑에게 투표했다
행복과 고통이 양쪽 면에 새겨져 있지만

고통 쪽은 다 닳아 버린 동전에게 투표했다
시의 행간에서 숨을 멈추는 사람에게 투표했다

한 사람의 진실

한 사람이 진실하면 그것으로 충분하다
한 사람이 진실하면 세상이 바뀔 수 있다
모든 사람이 진실한 것은 불가능하다
그러나 한 사람이 진실한 것은
얼마든지 가능한 일
모두가 거짓을 말해도
세상에 필요한 것은 단 한 사람의 진실
모든 새가 날아와 창가에서 노래해야만
아침이 오는 것은 아니므로
한 마리 새의 지저귐만으로도
눈꺼풀에 얹힌 어둠 밀어낼 수 있으므로
꽃 하나가 봄 전체는 아닐지라도
꽃 하나만큼의 봄일지라도

너는 피었다

봄맞이꽃, 너는 피었다
언제 피어야 하는지 대지에게 묻지 않았다
너를 창조한 이의 수신호를 기다리지도 않았다

피어나기에 최적의 장소인지
피는 것 도와줄 이가 있는지 살피지 않았다
눈 다 녹았는지
비소식 언제 잡혀 있는지
자꾸만 밖을 내다보지 않았다
야생동물 발자국 옆에서
그냥 피었다

어느 만큼 높이 자라야 흔들리지 않는지
속눈썹이 길어야만 하는지
어느 쪽으로 얼굴 향해야 하는지
오래 계산하지 않았다
지상에서의 삶이 얼마나 길 것인지
다른 꽃들의 조언을 구하지도 않았다

지난번 생이 얼마나 가파른 생이었나
얼마나 고된 노동이었나
입술 깨물며 뒤돌아보지 않았다
그렇게라도 봄 사용법 외우지 않았다

너는 꽃이면서
너 자신의 유일한 지지대
날개이면서
그 날개 밀어 올리는 바람

너는 피었다
그냥 피었다

바이올린딱정벌레

나는 바이올린딱정벌레이다
사람들은 나의 홀쭉한 머리와 가슴, 그리고 배에 붙은
넓은 딱지날개의 모양과 색을 보고
그런 멋진 이름을 붙였다
거기에 색깔까지 비슷해
누가 봐도 바이올린 형상 그대로이다
하지만 나는 음악을 연주하지는 않는다
머리 끝에서 방향과 먹이를 가늠하는
더듬이가 지휘봉은 아니며
길고 가느다란 다리가 바이올린 활도 아니다
그저 한 마리 딱정벌레로 살아갈 뿐
내가 왜 이런 생김새로
이곳에 존재하는지
나무껍질에 달라붙어 잠깐씩 의문에 잠기지만
그 찰나의 순간이 지나면
멋모르고 다가오는 작은 곤충을 덮친다
가끔은 나도 소리를 낸다
나무에서 떨어져

몸이 거꾸로 뒤집히기라도 하는 날이면
당황을 넘어 공포가 밀려온다
딱정벌레들의 세계에서
등을 아래로 하고 누워 있다는 것은
하나의 재앙
다른 딱정벌레들이 내 둘레에 모여
절망적이라는 듯 고개를 가로젓는다
파란 하늘 아래 뒤집힌 채
편평한 몸을 다시 뒤집기 위해 나는
세 쌍의 갈퀴 달린 다리 버둥거리며
안간힘의 신음 소리를 내지른다
고통은 나를 세상으로부터 격리시킨다
딱딱한 껍질 안에 있지만
나는 홑겹의 영혼
만약 웃음이 실제로는 눈물이라면, 또 만약
눈물이 실제로는 웃음이라면
혹시, 날개 안쪽에서 울려퍼지는
그 필사적인 외침 때문에

바이올린딱정벌레라고 불리게 된 것이 아닐까
현을 가르는 듯한 불협화음의 절규 때문에
아무도 애도해 주지 않는 태양 아래
가련한 몸짓 때문에
나는 한 마리 밤색 바이올린딱정벌레
아무런 소동도 없었다는 듯
고단한 생을 마치고
다리를 단정히 오므리고서 정지하면
당신은 나의 마지막 연주를 들으리라
가을바람 속 껍질 부서지는 소리를
몸 바스라지는 소리를

어떤 손

어떤 손이 나를
허공에 던져
아득히 추락하다가
마침내 날개가 돋아
다시 날아오르면서
어떤 손이 나를
허공에 던졌는지는
잊어버렸네

어떤 손이 나를
어둠 속에 밀어넣어
끝없이 벽에 부딪치다가
마침내 출구를 찾아
다시 빛 속에 서면서
어떤 손이 나를
어둠 속에 가뒀는지는
잊어버렸네

파란색 가난

가난하다고 해도
너는 아주 가난하지는 않다
가령 아무 가진 것 없이
파란색 하나만 소유하고 있다 해도
그 파란색에는
천 개의 파랑이 들어 있다
다른 색은 상상조차 할 수 없는
바다의 파랑이 있고
감정에 따라 변하는 하늘의 파랑이 있다
전혀 파랗게 보이지 않지만
파란색이 없으면
완전히 다른 색으로 변하는 색도 있다
밤을 지샌 사람만이 가질 수 있는
투명에 가까운 파란 새벽도
폭풍을 이겨 낸 파랑도 너의 것이고
어린 시절 가졌던 짙은 파랑과
사춘기의 창백한 파란 혈관도
너의 것이다

가난하다고 해도
너는 아주 가난하지는 않다
거기 언제나 가슴 안쪽에
알려진 어떤 파란색보다 파란
희망의 조흔색이 있으니까

* 조흔색 ─ 광물을 초벌 구운 흰색 자기에 문질렀을 때 생기는 고유한
  빛깔의 줄

제비붓꽃

모든 제비붓꽃에게
올해는
제비붓꽃의 해

누구도 그 사실을
부정할 수는 없다
서리와 얼음도

어떤 상실은
그리 아름다운 색으로 바뀔 수 있는 걸까
절망은 더 이상 너의 물감이 아니다

너의 의무는 너 자신을 색칠하는 일과
세상을 색칠하는 일
둘 다이니

너는 세상의 심장에게
너의 심장을 준다

그냥 살아 있는 것만으로는

충분하지 않아

모든 제비붓꽃에게는

이듬해도

제비붓꽃의 해

누군가 침묵하고 있다고 해서

누군가 침묵하고 있다고 해서
할 말이 없거나 말주변이 부족하다고
단정지어서는 안 된다
말하는 것의 의미를 잃었을 수도 있고
속엣말이
사랑, 가장 발음하기 어려운 단어에서
머뭇거리는 것일 수도 있다
세상 안에서 홀로 견디는 법과
자신 안에서 사는 법 터득한 것일 수도 있다

누군가 아무도 사랑하지 않는다고 해서
겨울이 그 가슴을 영원한 거처로 삼았다고
판단해서는 안 된다
단지 봄이 또다시
색을 잃을까 두려워하는 것이다
몇 년 동안 한 번도 노래 부르지 않는다고 해서
새들이 그 마음속 음표를 다 물고 갔다고
넘겨짚어서는 안 된다

외로움의 물기에 젖어
악보가 바랜 것일 수도 있다

누군가 동행 없이 혼자 걷는다고 해서
외톨이의 길을 좋아한다고
결론 내려서는 안 된다
길이 축복받았다고 느낄 때까지
누군가와 함께 걷고 싶었으나
가슴 안에 아직 피지 않은 꽃들만이
그의 그림자와 동행하는 것일 수도 있다
다음 봄을 기다리며

흉터의 문장

흉터는 보여 준다
네가 상처보다 더 큰 존재라는 걸
네가 상처를 이겨 냈음을

흉터는 말해 준다
네가 얼마나 많은 피를 흘렸는지
그럼에도 네가 살아남았음을

흉터는 물에 지워지지 않는다
네가 한때 상처와 싸웠음을 기억하라고
그러므로 흉터를 부끄러워하지 말라고
그러므로 몸의 온전한 부분을
잘 보호하라고

흉터는 어쩌면
네가 무엇을 통과했는지 상기시키기 위해
스스로에게 화상 입힌 불의 흔적
네가 네 몸에 새긴 이야기

완벽한 기쁨으로 나아가기 위한
완벽한 고통

흉터는 작은 닿음에도 전율하고
숨이 멎는다
상처받은 일을 잊지 말라고
영혼을 더 이상 아픔에 내어 주지 말라고

너의 흉터를 내게 보여 달라
나는 내 흉터를 보여 줄 테니
우리는 생각보다 가까우니까

다알리아의 별에서

속엣말 다 꺼내
산수유 핀 날
겨우내 집 안에 들여놓았던
다알리아 구근 내다가
당신과 둘이서 봄의 겨드랑이께 심었지요
위아래로 꽁지 흔들며
늦추위에 기침 쏟아내는
긴꼬리딱새 흉내 내면서 폐가 약한 당신은
시샘하는 봄눈과 구근을
함께 묻었지요
나와 함께 이 생에서 산 몇 날은
당신, 행복했지요?
이 다알리아의 별에서
한 번의 작별이 지나고
그다음 만남까지 한 열흘쯤 걸릴까요
눌러 쓴 자국 지워지지 않는 어떤 이름은
다음 생에 다시 만나게 되겠지요?
그럴 때가 있었지요

속엣것 다 꺼내 봄이 와도

우리가 가난하던 때가

당신은 비바람에 꺾인 꽃대 일으켜 세우며

무릎 닳은 햇볕 속에서

일찍 나온 다알리아 꽃잎 몇 개 뜯어

꽃점을 쳤지요

무슨 점괘가 나왔는지 말해 주지도 않고

꽃잎을 후후 불어 날렸지요

누구였지요, 당신은?

어떤 때는 우리가 서로 모르는 사람 같았지요

당신과 나 사이가 아픈 간격일 때가

그렇게 하면 안 될까요,

우리 몸을 바꿔 다시 만나면?

그래서 이곳에서 손잡고 다시 다알리아

바라보면 안 될까요?

오늘 밤 때아닌 싸락눈 날려

구근들 차가운 흙 속에서 몸 움츠리는데

죽음 같은 건

한 계절 동안의 헤어짐이라 여기며

그냥 깊이 잠든 척하는 것일 뿐이라 여기며

라다크에 갔을 때 룽따에 당신의 이름을

적어 놓았었지요

바람에 실려 사방으로 가서

다음 생의 당신 찾아내도록

* 룽따 – '바람의 말Wind Horse'이라는 뜻으로, 기도문 적힌 천을 줄에 걸
어매어 바람 타고 기도문이 날아가게 하는 것

논 숨 콸리스 에람

방의 열린 창으로
날아 들어와
내려앉을 자리를 찾고 있는
날개 달린 씨앗 하나
손으로 받아
창밖으로 몸을 내밀고
힘껏 날려 보내며
말한다
멀리 날아가,
아주 멀리
바람이 어디로 데려갈 것인지 잊고
너한테는
날개가 있잖아

* 논 숨 콸리스 에람 – '나는 과거의 내가 아니다'라는 뜻의 라틴어

내가 원하는 것

너와 함께 라다크에 가서 빵가게나 열었으면 했어

색바랜 수건 머리에 두르고

전통처럼 다섯 손가락 자국 새기며

밀가루 반죽 납작하게 눌러

진흙 화덕 안쪽에 붙여

바삭하게 구우면

굳이 다른 진리를 찾으러 다니지 않아도 되니까

삶 그 자체가 진실일 테니까

문양 같은 글자들 찍힌 신문지에

잘 구워진 빵 한 봉지씩 싸 주면서

네가 서툰 현지어로 인사하면

그 노동자들 우리와 오래 친한 건 아니지만

난로에 모두 코밑이 그을린 친구들이지

다섯 달은 폭설로 바깥세상과 두절되는 곳

그만큼 너와 사랑을 나눌 시간도 많아

인더스강 진흙 벽돌로 지은 흙집에 살면서

계피 넣은 차로 언 몸 녹이고

눈 쌓인 산 바로 위에서 반짝이는 별들 바라보며

마지막이 그다지 나쁘지 않으리라 믿는 것

그것이 기쁨의 공식이겠지

등에 얹힌 눈 털어내느라

야생 나귀들 발굽 구르는 소리에

별들도 가늘게 떨리고

내가 속한 곳 멀리 떠나

내가 속하지 않은 곳에서

너와 함께 화덕에 덴 손 싸매 주며

살았으면 했어

굳이 다른 해답 찾으러 다닐 필요 없이

얼마나 많이 일으켜 세웠을까

인간을 창조한 이는 혼자 설 수 있게 하기 위해

얼마나 많이 일으켜 세웠을까

아마도 수만 번 넘게

등 뒤에서 겨드랑이를 부축해

일으켜 세우고 쓰러지면

또 일으켜 세웠을 것이다

처음에는 속절없이 무릎이 꺾였을 것이다

두려움이 그를 계속 주저앉혔을 것이다

연약한 척추 마디들은 머리와 생각의 무게를

지탱하지 못했을 것이다

나무 붙잡고 간신히 일어서도

몇 걸음 못 가

스스로에게 떠밀려 휘청거렸을 것이다

사소한 감정 변화에도 똑바로 설 의지 꺾였을 것이다

그렇게 수없이 넘어지고 엎어지면서

옹이처럼 복숭아뼈 생겨나고

희망의 넙적다리와 절망의 정강이 사이를 단단한

무릎뼈가 감쌌을 것이다

슬픔에 잇달아 무너지면서 슬관절의 유연함이 커지고
다시 일어설 때면 이마에
기쁨의 바람 스쳤을 것이다
달렸을 것이다 발목 붙잡는 과거의 손목 뿌리치고
고뇌의 머리카락 끊어 내고
맨발로 선 삶이 그의 것이 되었을 것이다
불완전한 영혼에 수직의 빛 스며들었을 것이다

이 길 어디에선가
내 안의 내가
자주 무릎 꺾여 주저앉고 싶어질 때면
수만 번 넘게 인간을 일으켜 세운 이를 생각한다

떨림

손가락을 못에 찔리거나 칼에 베이면
그 순간 손가락의 존재를
강렬하게 느끼게 된다
마찬가지로,
존재가 깊이 상처 입어
날개가 부러지거나
심장에 금이 갈 때
너는 비로소
너 자신에게로 돌아온다
울대를 다쳐 바람으로 대신 우는 울새처럼
차갑고 고독한 행성 가장자리에서
별똥별 빗금으로
금 간 곳 꿰매며
다시 삶에 놀라워하며

파란 엉겅퀴

새는 두 방향으로 난다
미지의 허공으로
그리고 저 자신 속으로

나는 두 방향으로 걸어간다
세상 속으로
그리고 나 자신 속으로

이 파란 엉겅퀴
두 방향으로 핀다
세상 속으로
그리고 자신의 파란 심연 속으로

말더듬이의 기도

너는 왜 절실히 기도하지 않았느냐고 물으면
무릎 꿇는 일에 서툴렀으나
내 귀에만 들리는 희망과
절망의 혼잣말이 나의 기도라고
세상의 어휘가 내겐 조금 부족할 뿐이라고
너는 왜 참회하지 않았느냐고 물으면
고행승처럼은 아니지만
박하풀 돌에 찧으면 향이 나듯이
후회와 반성의 돌쩌귀에 찧인
손등이 나의 참회라고
너는 왜 아픈 곳 제때 치료하지 않았느냐고 물으면
진실과 거짓 사이에서
마음 데인 자리 아물기 기다리느라
남보다 조금 오래 걸렸을 뿐이라고
너는 언제 피어날 것이냐고 물으면
어떻게든 살아 있음이 나의 꽃이라고
내 어둡고 환한 이마 보라고
걸음이 더뎌 가끔 봄을 놓칠 뿐이라고

너는 벽에 부딪쳐 어떤 문 내었느냐고 물으면
더듬어 간 방향이 나의 문이었다고
나를 길 잃게 한 것은 어둠이 아니라
빛이었다고
다만 생각이 많아 안에서 잠겨 있었을 뿐이라고
이것이 한 생을 건넌 내 점자 같은 기도라고

원

사람들은 저마다 자기 둘레에
보이지 않는 원을 그려 가지고 있다

자신만 겨우 들어가는 새둥지 크기의 원을 그린 이도 있고
태양을 품을 만큼 흑등고래의 거대한 원을 그린 이도 있고
사랑하는 사람만 들어올 동심원을 그린 이도 있다

다른 원과 만나 어떤 원은 더 커지고
어떤 원은 더 작아진다

부서져서 열리는 원이 있고
부딪쳐서 더 단단해지는 원이 있다

나이와 함께 산처럼 넓어지는 원이 있고
오월붓꽃 하나 들여놓을 데 없이 옹색해지는 원이 있다

어떤 원은 몽유병자의 혼잣말처럼 감정으로 가득하고
어떤 원은 달에 비친 이마처럼 환하다

영원히 궤도에 붙잡힌 혜성처럼 감옥인 원도 있고
별똥별처럼 자신을 태우며 해방에 이르는 원도 있다

원을 그리는 순간
그 원은 이미 작은 것

저마다 자기 둘레에
원 하나씩 그려 가지고 있다
생을 마치면 마침내 소멸되는 원을

야생 부용 연대기

반쯤 꺾여 부러진 채로

기다란 줄기에 매달려 바람에 흔들리는

야생 부용 씨앗 꼬투리

가을 내내 바스락거리며 노래하다가

겨울비에 젖어 검은색을 띄더니

흰눈 얹힌 그대로 얼어붙었다

그 위에 날아와 앉아 대신 노래하는

박새 한 마리

거꾸로 매달려 꼬투리 속 들여다보다 말고

다른 가지로 날아간다

꼬투리는 그새 작은 씨앗들을 땅에 비운 것이다

아직은 언 이월의 흙을

이마로 밀면서 검은 씨앗들은

좁은 틈새에 단단히 자리잡았다

어떻게든 살아가

어떻게든 살아가

꼬투리의 마른 껍질 부서지는 소리를

기도 소리로 들으면서

그렇다, 한 번의 봄이 더 올 것이고

푸른 생의 외침들이 솟아날 것이다

그러면 새로 돋아난 줄기 끝에서 넓고

노란 꽃들이 다시 춤출 것이고

꼬투리마다에 익명의 씨앗이 가득할 것이다

바람에 반쯤 꺾인다 할지라도

더 원해, 더 원해

더 많은 봄을,

하고 바스락거리며

내가 좋아하는 사람

내가 좋아하는 사람은
나뭇잎의 집합이 나뭇잎들이 아니라
나무라고 말하는 사람
꽃의 집합이 꽃들이 아니라
봄이라는 걸 아는 사람
물방울의 집합이 파도이고
파도의 집합이 바다라고 믿는 사람
내가 좋아하는 사람은
길의 집합이 길들이 아니라
여행이라는 걸 발견한 사람
절망의 집합이 절망들이 아니라
희망이 될 수도 있음을
슬픔의 집합이 슬픔들이 아니라
힘이 될 수도 있음을 잊지 않는 사람
내가 좋아하는 사람은
벽의 집합이 벽들이 아니라
감옥임을 깨달은 사람
하지만 문은 벽에 산다는 걸 기억하는 사람

날개의 집합이 날개들이 아니라

비상임을 믿는 사람

그리움의 집합이 사랑임을 아는 사람

달라이 라마와 노천 찻집을 열며

엉덩이 때 묻어 반질거리는 기다란 나무 걸상을

테이블 앞뒤로 내려놓고

아무래도 나이가 적고 덜 성스러운 내가

근처 티베트 사원에서 물을 길어오는 동안

당신은 기도문 중얼거리며 향을 피워

양은 주전자와 첫 손님의 머리에

축복을 내릴 것이다

나의 귀한 동업자인 당신을 위해

관세음보살 그려진 화려한 무늬의 보온병에서 버터차를

따른 후

인도제 코코넛 비스킷 두 개를 접시에 올려주면

당신은 승복 소매 걷어 올린 손으로 찻잔을 들어

또다시 기도문 외며

뾰족하게 오므린 입으로 가져갈 것이다

그리고 기도문보다 더 큰 소리를 내며

뜨거운 차를 마실 것이다

오랜 세월 고난을 겪었지만

지금 이 순간은 차맛에 대한 기대감으로 가득하다

평생을 마셔 왔으면서도

마치 처음 맛보는 버터차인 것처럼

앞에 앉은 손님도

당신의 표정 보며 차맛을 궁금해할 때

흰색 터번 두른 두 번째 손님이 들어와 짜이를 주문하고

무슬림 남자가 계피와 생강 든 카와티를 요청하면

당신은 손에 들고 있던 염주를 목에 걸며

모두를 한 테이블에 합석시킨 후

불 위에 주전자를 올려놓는다

그렇게 해서 찻집의 하루가 시작되면

우리는 저녁 때까지 눈코 뜰 새 없이 바쁠 것이다

허무한 영혼을 위한 백모란차

눈물 많이 흘린 눈 치료하는 동방미인차

자만심 수그러뜨리는 고산지대 민트차

어지러운 마음 달래는 야생꽃차

모든 종류의 차를 구색대로 갖추면야 좋겠지만

장대 받쳐 천막 하나 친 노천찻집인지라

아직은 짜이와 버터차만 가능하다

무슨 차를 마시든

행복하면 되니까

또 무슨 차를 마셔도 불행한 사람에게

당신은 말한다

천 개의 조각으로 부서져도

그 천 개의 조각마다에서 웃으라고

밑창 얇은 검은색 단화에 들어간 돌조각 꺼내며

당신이 인간의 조건을 이야기할 때

중국인들이 단체로 몰려와 당신에게 절하고

어떤 남자는 망고 두 개 가져다주고

어떤 기독교인은 예수를 영접하라며 친절히 인도하고

당신은 정성껏 합장하며 그 모두를 환영한다

어느 날 우리는 지구의 이 모퉁이에 없을 것이다

저녁이 오고 갑자기 눈발이 날리면

당신과 밤하늘 멀리 히말라야 바라보며

파안대소할 것이다

꽃은 무릎 꿇지 않는다

꽃에게서 배운 것
한 가지는
아무리 작은 꽃이라도
무릎 꿇지 않는다는 것

타의에 의해
무릎 꿇어야만 할 때에도
고개를 꼿꼿이 쳐든다는 것
그래서 꽃이라는 것
생명이라는 것

나무

나무에 대해
얼마나 많은 사람이
시를 썼는가
그러니 더 이상 무슨 시를
덧붙이겠는가
다만, 몇 달 동안
사람을 껴안은 적 없어
오늘 아침
소나무를 껴안는다

수선화

바다로 향하는 산책길
한 여인이 들판에 웅크리고 앉아
호미로 흙을 파고 있었다
아직은 이른 봄,
농사일을 하는 것은 아니었다
내가 쳐다보자 동작을 멈추고
수선화를 묻는 거라고 소리쳐 말했다
그렇지 않아도 들판 이곳저곳
흰 제주수선화가 무리 지어 피어 있었다
바닷바람에 몸을 가누며
가까이 다가가서 보니
수선화 구근을 묻기에는
구멍이 넓고, 깊었다
그런데도 여인은 멈추지 않고
땅을 파고 또 팠다
그녀는 구근을 갖고 있지도 않았다
그 대신 큼지막한 종이 상자 옆에
호미를 내려놓으며 말했다

"이 아이의 이름이 수선화예요.
나랑 십 년을 함께 살았어요."
그녀는 상자를 열어
그 안에 고이 모로 뉘어져 있는
흰 강아지를 보여 주었다
"하루 한 번은 여기에 나와서
뛰어 놀았거든요.
그런데 먼저 떠났어요.
암에 걸린 나를 두고."
이제는 그녀 대신 내가 호미를 들어
검은 흙을 힘껏 팠다
어떻게 이 돌투성이 검은 흙에서
흰 꽃이 피어나는 걸까
꽃을 만드는 흙과 심장을 만드는 흙은
다른 걸까
이내 그녀의 수선화가 묻혔다
그녀는 옷에 묻은 흙을 털지도 않은 채
흰 수선화들 사이로 천천히 걸어갔다

바닷바람에 겨우 몸을 가누며
새로 산 호미를 손에 들고서

눈물꽃이 나에게 읽어 주는 시

너의 걸작은
너 자신
자주 무너졌으나
그 무너짐의 한가운데로부터
무너지지 않는 혼이 솟아났다
무수히 흔들렸으나
그 흔들림의 외재율에서
흔들림 없는 내재율이 생겨났다
다가감에 두려워했으나
그 두려움의 근원에서
두려움 없는 자아가 미소 지었다
너는 봄을 맞이하는 것이 아니다
너 자신이 봄이다
너 자신이
너의 걸작

이보다 더 큰 위안이 있을까

날개로 자신의 몸을 때리면서
야간 이동하는 들오리 떼 바라보며
길고 어두운 밤 보낸 후
봄앓이 끝에 피어난
제비꽃 파란 눈 앞에서
있는 그대로의 나
다시 마주하는 이 시간
나는 기도한다
"고마워요,
빛을 다 쓴 반딧불이처럼 부서진 나를
온전히 빛나게 해 줘서."
신이 말한다
"너는 부서진 적 없어.
언제나 온전한 반딧불이였어."

곁에 둔다

봄이 오니 언 연못 녹았다는 문장보다
언 연못 녹으니 봄이 왔다는 문장을
곁에 둔다

절망으로 데려가는 한나절의 희망보다
희망으로 데려가는 반나절의 절망을
곁에 둔다

물을 마시는 사람보다 파도를 마시는 사람을
걸어온 길을 신발이 말해 주는 사람의 마음을
곁에 둔다

웅덩에 숨어 겨울을 나는 눈보다
심장에 닿아 흔적 없이 녹는 눈을
곁에 둔다

웃는 근육이 퇴화된 돌보다
그 돌에 부딪쳐 노래하는 어린 강을

곁에 둔다

가정법의 그물에 걸린 물고기보다
가진 게 희망뿐이어서 어디서든 온몸 던지는 씨앗을
곁에 둔다

상처에도 불구하고 사랑한다는 말보다
상처받지 않은 것처럼 사랑한다는 말을
곁에 둔다

살아남기

한 번도 얼굴 본 적 없는 독자가
좋은 홍차 구했다며 보내 주어
고맙다고 전화했더니
시골에서 혼자 지내면서
말기 암으로 투병 중이라 한다
가늘게 떨리는 목소리에 섞여
야생 부용 꼬투리 바람에 서걱이는데
마음도 같은 소리 내는데
어떤 새들은 떠나고
어떤 새들은 돌아오는
가을 저녁, 오랜만에 연락 온 편집자는
어머니가 갑자기 돌아가셨다며
말을 잇지 못한다
급성 폐렴으로 며칠 만에
작별 인사도 제대로 못하고 눈을 감으셨단다
눈물은 가슴이 말할 수 없는 말이라는데
신의 발성법 같은
가을바람 속

나는 떠날 것이고
당신도 떠날 것이다
이것이 우리의 공통점이다
그 밖의 것들은 중요하지 않다
나는 지금 살아남기에 대해 말하는 것이다
소멸로부터 살아남기가 아니라
봄까지 슬픔으로부터 살아남기에 대해

아마릴리스

오월부터 한 달 남짓 아마릴리스는
하루도 거르지 않고
열심히 꽃을 그리는 화가
검은 흙에서 초록색 줄기 먼저
그려 올리고
그다음에는 흰 줄무늬 붉은 꽃을
두세 뼘 높이 허공에 칠한다
색들이 흙에서 해방되도록 돕는 것이
자신의 의무인 양
밤사이 완성한 꽃대와 꽃은
손으로 만지면 물감이 묻어난다

그렇듯, 그림을 그릴 때
가장 먼저 바닥나는 물감이
자신 안의 어둠으로부터
탈출시켜 주고 싶은 색

아마릴리스는 말하는 듯하다

내 삶에 대해 고백할 것이 있으니,
누군가가 나를
빛 한 줄기 들어오지 않는
어둠 속에 묻었다
이듬해 봄에야 알았다
그것이 선물이었다는 걸
매장이 아니라 파종이었음을

나는 이따금 나를 보며 경이로워한다

나는 이따금 나를 보며 경이로워한다
어떻게 이토록 완벽한 대칭의 팔다리를 갖게 되었을까
달의 얼굴보다 더 대칭인 얼굴을
단추도 필요 없는 방수 피부는 자랑할 만하지 않은가
어떻게 두 눈이 한 방향으로 보는 일이 가능할까
서로 다른 쪽을 향한 고리 모양의 두 귀가
소리를 하나로 만드는 일이
두 무릎은 절지동물처럼 한 동작으로 구부러지고
두 눈꺼풀은 1분에 스무 번을, 아니 놀랐을 때는
두 배 빠르게 한 치 오차 없이 동시에 깜빡이는 일이
어떻게 가능할까
하나의 심장이 반대되는 두 욕망을 갖는 일이
그러면서도 내 몸을 둘로 가르지 않는 놀라운 일이
어떻게 해서 누구와도 다른 음색의 목소리가
내 목소리가 되고
얼굴은 한 가지 표정을 죽을 때까지 간직하는 인내심을
어디서 배웠을까
나는 언제부터 나였을까

나는 이따금 나를 보며 경이로워한다
내가 내 것이라고 생각하는
새알 같은 두 뺨, 매 순간
빛과 어둠을 번갈아 여행하는 두 눈
다른 입술 갈망하는 입술을 서서히 허물어뜨리는
이 삶은 무엇인가
기립근을 주저앉혀
왼손을 무릎에 받치고 간신히 일어서게 만드는 이 삶은
어느 틈엔가 내가 나이기를 그만두게 하고
완벽한 대칭의 갈비뼈 안에서 두근거리는 심장을
돌처럼 굳어 버리게 만드는 것은

숨바꼭질

한번은 내가 술래가 되어
숨바꼭질 놀이를 할 때
날 어두워져 다른 아이들 모두
집으로 돌아갔지만
너는 숨은 곳에서 나오지 않아
첫 별 떠서 뭇별들에 묻힐 때까지
너를 찾아다녔으나
어디에 꼭꼭 숨었는지 끝내 알 길 없어
세월이 흐른 지금도
지구 북반구 어디에선가
마음 부스럭거리는 소리 크게 들리면
숨은 곳에서 웅크리고 나오지 않는
너를 찾아다니네
첫 별 떠서 뭇별들에 묻힐 때까지

기억한다

누군가를 사랑하는 것은
오래된 상처까지 사랑하는 것이라고 쓴 시인을 기억한다

이 세상에 아직 희망을 간직한 사람이 많은 것이
자신이 희망하는 것이라고 말한 시인을 기억한다

상처 입은 사슴이 가장 높이 뛴다고 쓴 시인을 기억한다

강한 자가 살아남는다는 말에
자신이 미워졌다고 고백한 시인을 기억한다

눈사람에게
추워도 불 가까이 가지 말라고 충고한 시인을 기억한다

끝까지 울면 마지막 울음 속에
웃음이 숨어 있다고 말한 시인을 기억한다

사람이니까 넘어져도 괜찮다고 쓴 시인을 기억한다

나는 정원사이자 꽃이라고 노래한 시인을 기억한다

언제부터 시인이 되었느냐는 질문에
언제부터 시인이기를 그만두었느냐고 되물은 시인을 기억
한다

누가 나를 인간에 포함시켰느냐고 물은 시인을 기억한다

나에 대한 기억이 너를 타오르게 하거나
상처 주는 일 없기를 바란다고 노래한 시인을 기억한다

꽃은 절정의 순간에
마지막을 예감한다고 쓴 무명 시인을 기억한다

별들은 작거나 부드럽지 않으며
별들은 몸부림치고 죽어 가고 불타오르고 있으며
별들은 예뻐 보이기 위해 있는 것이 아니라고 쓴 시인을
기억한다

사랑에 빠진다는 것은
잃어버린 모든 것이 되돌아오는 것과 같다고 쓴 시인을
기억한다

목소리를 잊고 노래하고
다리를 잊고 춤추라고 말한 시인을 기억한다

시를 읽고 운 적이 있던 때를 기억한다

* 위쪽에서부터 비스와바 쉼보르스카, 벤자민 스바냐, 에밀리 디킨슨, 베
르톨트 브레히트, 야마자키 소칸, 골웨이 키넬, 아이다 미쓰오, 오시프
만델스탐, 윌리엄 스태포드, 요세프 브로드스키, 페르난도 페소아, 케이
틀린 시엘, 네이이라 와히드, 카만드 코조리

봄이 하는 일

부드럽게 하고, 틈새로 내밀고, 물방울 모으고
서리 묻은 이마 녹이고
움츠렸던 근육 멀리까지 뻗고
단단한 겉껍질 부수고
아직은 약한 햇빛 뼛속으로 끌어들이고
늦눈 대비해 촉의 대담함 자제시키고
어린 꽃마다 술 달린 얼굴 가리개 걸어 주고
북두칠성의 국자 기울여 비를 내리고
울대 약한 새들 노래 연습시키고
발목 접질린 철새 엉덩이 때려 떠나게 하고
소리 없이 내린 눈 물소리로 흐르게 하고
낮의 길이 최대한 늘리고
속수무책으로 올라오는 꽃대 길이 계산하고
숨겨 둔 물감 전부 꺼내 오고
자신 없어 하는 봉오리들 얼굴 쳐들게 하고
곤충의 겹눈에서 비늘 벗기고
꽃잠 깨워 온몸으로 춤출 준비하고
존재할 충분한 이유 찾아내고

가진 것 남김없이 사용하고

작년과 다른 방향으로 촉수 나아가게 하고

주머니에서 '파손 주의' 꼬리표 붙은 희망 꺼내고

자잘한 상처들 위로 빛 쏠어내리고

처음 온 곳인데 돌아왔다는 느낌 들게 하고

봄이 되려면 당신도 이만큼 바빠야 한다

당신은 세상이 꽃을 피우는

가장 최신의 방식이므로

저녁기도

내 기도를 들어주소서
나는 기립근이 약해 잘 무너집니다
나를 붙잡아 주소서
나는 가시뿐 아니라 꽃에도 약합니다
외로움에도 약하고 그리움에도 약합니다
세상 속에 사는 것에도 약하고
세상을 등지는 것에도 약합니다
당신이 알다시피 사랑에도 약하고
미움에도 뼈저리게 약합니다
말주변 없는 내 기도를 들어주소서
나는 저항하는 것에도 약하고
받아들이는 것에도 약합니다
축복에도 약하고 저주에도 약합니다
진실에도 거짓에도 약합니다
내 얼굴이 나에게 낯설지 않도록
생의 저녁 나와 함께하소서
내 심장은 혼자서도 이중창을 부릅니다
절망과 희망의,

용기와 두려움의 이부합창을

그러니 많은 해답을 가진 자를 멀리하고

상처 입은 치유자와 걸어가게 하소서

나는 혼자인 것에도 약하고 함께인 것에도 약합니다

손을 내미는 것에도 손을 거두는 것에도 약합니다

다시 한번 내 기도를 들어주소서

나는 시작에도 약하고 끝에는 더 약합니다

마지막 안내 방송

우리 비행기로 여행하게 되신 걸 환영합니다
탑승하기 전 다시 한번 안내 말씀 드립니다
이미 고지했듯이 수하물은
어떤 경우에도 허용되지 않습니다
모든 소유물을 뒤에 두고 떠나야 합니다
언제나 그렇듯 초과 예약으로 기내에
여유 공간이 부족하므로
아무리 아끼는 물건이라도,
나아가 무거운 슬픔이나 후회, 혹은 부피 큰
기대는 검색대를 통과할 수 없습니다
사랑하는 사이라 해도
송별객과는 여기서 헤어져야 합니다
지금은 세상과 작별하는 법을 배우는 중이니
주머니 없는 옷 입고
신발도 신지 않은 맨발로 탑승해야 합니다
머리카락에 달라붙은 집착도 털고
속눈썹에 얹힌 눈물 떼어 내고
이 순간부터는 자신이 누구임을 증명하는

신분증조차 필요 없습니다

이 비행기에는 귀빈석이나 특별 좌석이

존재하지 않습니다 기내 영화는

좌석마다 다르게 각자의 인생이 담긴

내용이 재방송될 것입니다

이 여행을 원치 않는다 해도

이미 예약된 이상 취소는 불가능합니다

또한 자신이 믿었던 것과 다른 목적지나

다른 풍경 속에 내린다 해도

비행기를 회항하거나

내리기를 거부하는 일은 허락되지 않습니다

마지막 안내 방송입니다

지연이나 결항 없이 정시에 이륙할 예정이오니

뒤로 미뤘던 일들이나 소원 목록은

다음 생으로 기약하고

오직 사랑한 기억만 웃옷 안감에 품고서

서둘러 탑승구 앞으로 오시기 바랍니다

우리가 입맞춤하는 동안

우리가 입맞춤하는 동안
북극의 빙하는 무너지고
시리아 난민들은 영국 해협에서 떠오르고
카불의 여성들은 검은 히잡 속에 숨는다

우리가 입맞춤하는 동안
티베트 승려들은 몸에 불을 붙이고
후쿠시마에서는 원전수가 바다로 흘러가고
멕시코인 밀입국자들은 트럭 안에서 숨이 막힌다

우리가 입맞춤하는 동안
우한에서는 바이러스가 폐를 잠식하고
갠지스강은 성스러운 중금속으로 오염되고
인도의 노동자들은 수천 리 걸어 집으로 간다

우리가 입맞춤하는 동안
바그다드에서는 자살 폭탄 테러가 이어지고
미얀마에서는 시위 군중이 영화처럼 쓰러지고

러시아는 우크라이나 어린이 병원에 미사일을 쏜다

우리가 입맞춤하는 동안
알래스카에서는 신생아가 울음을 터뜨리고
이스탄불에서는 수도승들이 회전춤을 추고
제주 바다에서는 해녀가 숨비소리 내며 자맥질한다

우리가 입맞춤하는 동안
지구는 초속 30킬로미터로 태양 둘레를 내달리고
야생 기러기는 희망의 날갯짓으로 대륙을 건너고
혹등고래는 새끼 업고 북극해로 이동한다

우리가 입맞춤하는 동안
신이 하루를 더 허락하고
맹인 소녀는 점자로 시를 읽고
아이는 나무 아래서 주운 새를 품에 안는다

꽃의 결심

꽃은 피어도 죽고
피지 않아도 죽는다

어차피 죽을 것이면
죽을힘 다해
끝까지 피었다 죽으리

가는물달개비

세상의 색은 인간의 감정보다 크다

— 후안 라몬 히메네스

해마다 너는 나타났다가 사라지고
다시 나타났다가 사라진다
그리고 또다시 나타난다
나는 안다, 그것이 네가 터득한
영원을 사는 방법이라는 걸
변함없이 청보라색 물감 이마에 칠하고

너 말고 다른 누구한테서 그 기술을
전수받을 수 있을까
늦은 등장과 이른 퇴장 두려워하는
기색도 없이
나타남과 사라짐의 반복 속에서도
행복한 본성 잃지 않는 법을
내가 어디로 보내질지 염려할 이유도 없이
조금만 더 시간을 허락해 달라고

기도할 필요도 없이

눈에 띄지 않는 공간 차지하고도
세상에 색을 더하는 너의 존재 앞에서
나는 얼마나 무채색인가
내가 보여 줄 것은 오직 감정의 색뿐

너는 묻는다
'나는 곧 사라질 텐데
왜 나에 대한 시를 쓰려고 하나요?'
그렇다, 나는 너에 대해 쓴다
네가 사라지면 너를 볼 수 없으니까
내가 사라지면 너를 볼 수 없으니까

우리가 왜 사라짐을 겪어야 하는지
누구도 알지 못한다
왜 다시 와야만 하는지도
약간만 다른 색 옷을 입고서

나는 설명을 요구하는 것이 아니다

절대 순종하려고 하는 것이다

바람에 머리를 쓸어넘기는

이 가는물달개비처럼

슬픈 것은 우리가 헤어졌기 때문이 아니라
헤어진 방식 때문

목련꽃 필 때쯤 이따금

혼잣말하네

슬픈 것은 우리가 헤어졌기 때문이 아니라

헤어진 방식 때문이라고

내가 원하는 것은

우리가 다시 만나는 것이 아니라

다시 만나

다른 방식으로 헤어지는 것이라고

그것만이 옛사랑을 구원할 수 있다고

수련은 물속에서 목말라 한다

물이 목까지 차오르면
희망도 더 높이
고개를 쳐든다
그렇게 수련은 세상을
치유하러 나온다

오히려 물이 줄어 심장을
덜 누르면 어느새
자신 속에 잠겨
절망이 고개를 쳐든다

수련에게서 배운다

성장 놀이

돌의 얼굴에 핀 서리꽃 녹자마자
사방에서 놀이가 펼쳐진다
다년생 뿌리들 촉촉이 촉을 내밀고
사랑받든
사랑받지 못하든
풀들은 앞다퉈 영토를 넓힌다
꽃은 줄기 끝마다 씨앗의 무게 달고
씨앗들은 가장 멀리 몸 던질 채비를 한다
두려워하지 말라고
성장의 놀이를 멈추지 말라고
서로 격려하는 소리 들리는 듯하다
어떤 고뇌도 행복만큼 헛되지 않으니
원하는 것 다 갖지 못하고
원하지 않는 것도 갖게 되지만
삶은 어디까지나 자신에게 헌정되는 놀이
돌의 얼굴에 다시 서리꽃 피고
저녁이 문득 차가운 손 내밀어도
이 장엄한 유희는 언제까지나 계속된다

사랑해야 자신의 것이 될 수 있다고
자신의 것으로 만든 다음에 사랑하려 하지 말라고
기쁨의 공식으로 서로를
초대하면서

포옹

눈발 한두 점 어디로 내려앉을지 몰라 서성이는
십이월 어느 날, 길을 걸어가는데
노숙자 차림의 여인이 다가와
자기를 한번 안아 달라고 했다
희끗하게 헝클어진 머리에 계절에 맞지 않는
얇은 신발을 신고
두 팔 벌린 채 어서
내가 안아 주기를 기다렸다
거부할 마땅한 이유를 찾기 위해
혹시 내가 아는 사람이냐고 묻자
당신이 시인인 건 알지만 껴안는 데
꼭 누구인지 알아야만 하는 건 아니라며
찬바람에 튼 뺨을 하고서
나를 쳐다보고 서 있는 그녀
겹겹이 때묻은 옷 껴입고
양말조차 신지 않은 여인
내가 얼마나 오래 망설였는지
얼마나 오래 내 심장이 정지했는지

나는 모른다

마침내 나도 두 팔 벌려 그녀를 껴안기까지

내 근육은 긴장하고

엉덩이는 약간 뒤로 뺀 채 어색하고

두 팔은 경직되었지만

헐거인처럼 껴입은 옷에도 불구하고

그녀의 근육은 완벽하게 이완되어 있었으며

온몸의 세포가 나를 향해 열려 있었다

나와 포옹하고 있는 순간에는

부서진 자아와 삶 같은 것도 사라져

마냥 투명한 존재가 되어 버린 그녀

얼마나 오래 시간이 흘렀는지

얼마나 오래 내 심장이 뛰었는지

나는 모른다

마침내 그녀가 두 팔을 풀어 부드럽게

나를 놓아 주면서

됐어요, 이제 됐어요, 고마워요, 하고 말하기까지

낮달맞이꽃 나라에서

내가 태어났을 때 내 나라는
둘로 나뉘어 있었다
나는 철마다 붉은가슴울새 날아오는
남쪽 지대에 갇혔고 북으로 가는 길은
폭설과 지뢰로 가로막혔다 그 너머 대륙은
새들의 이동 경로조차 불분명했다
나는 이곳에서 생의 절반을 났으며
나머지 절반도 여기서 날 것이다

내가 태어났을 때 내 나라는
천 개의 실개천과 그곳에 비친 천 개의 달
그리고 달맞이꽃 터지는 소리로 가득했다
낮달맞이꽃과 밤달맞이꽃
분홍과 노랑
예쁨과 미쁨
사람들은 세상에서 가장 아름다운 이 언어로
편가르기와 미워하기 위한 단어를 만드는 데
익숙해져 있었다

절반이 절반에게 돌을 던지면서
시인들조차 가시 돋친 시를 쓰는
내 나라여 나는 네가 아프다
언 손 불어 늦눈 녹이며 산수유 피어도
벌새가 1초에 100번 날갯짓해
부정을 긍정으로 바꾸어도
마르지 않는 동해 바다에서 돌고래 뛰어놀아도
나는 네가 아프다

신이여 모든 것을 허락한다면
내 나라에 대해 절망하는 것도 허락하소서
아침에 둥지 떠나는 새들과 함께
이곳을 떠나는 것도
떠났다가 저녁에 그 새들과 함께 다시
돌아와야 하는 것까지도

왜냐하면 나는 모국어로 시를 쓰는 시인이니까
서툰 외국어로 혀가 굳어졌을 때 내가 돌아갈 곳은

일생 동안 다 사용할 수도 없이 많은
형용사와 부사이니까
말을 배울 때 혀 끝에 하나씩 올려졌던 그 단어들로
운을 맞추는 운명이니까

거친 바람에 저항하며 날갯짓하는 쇠기러기 보며
나 자신에게 물음을 던진다
세상의 무엇에 맞서며 살아가고 있나
이곳에서 내가 시인이라는 것은
어쩌면 희망사항에 지나지 않는지도
자신이 태어난 나라에서 이방인이 되어
행성의 북반구를 떠돌아다녔다는 것
어떤 것을 열렬히 믿지 않는다는 것 때문에
가시에 찔리곤 했다는 것

봄마다 내 시 속에서 종알대는 시냇물을 나는 좋아하고
바위에 정강이 부딪쳐 아프다고 우는
여름 강을 좋아한다

두 집게발 앞으로 모아 기도하는 바닷게와
언제나 기품 있게 걸어오는 이 땅의 나무들을
그리고 무엇보다 이곳에서
사랑에 빠진 나 자신을 좋아한다
사실은 웃는 나를

내가 아주 떠날 때까지도 내 나라는
둘로 나뉘어 있을 것이다
그럼에도 나는 사랑하기 위해 여기에 있다
전에도 있었던 것 같은 이곳에
풀잎들이 어린 새처럼 부리를 허공에 내밀고
희망을 노래하는 이곳에
언 연못에 봄물 들듯
몇 개의 낱말로 언 가슴 녹이기 위해
죽어서도 이 언어로 꿈을 꾸기 위해

잠깐 멈췄다 가야 해

'잠깐 멈췄다 가야 해,
내일은 이 꽃이 없을지도 모르거든.'

누군가 이렇게 적어서 보냈다
내가 답했다

'잠깐 멈췄다 가야 해,
내일은 이 꽃 앞에 없을지도 모르거든.'

금 간 영혼

너의 영혼에 금이 가 있어서
너는 네 안으로 스며들 수 있다
금 간 곳을 파 내려가
금을 캐낼 수 있다
그 금으로 너의 금 간 틈
메울 수 있다
어둡고 비밀스러운 그 골짜기에서
아무도 본 적 없는
꽃나무 하나 발견할 수 있다
물도 없고 흙도 없이 자란
그 꽃의 향기로
너의 가슴 채울 수 있다
별 하나 겨우 깜박이는
의식의 심연에서
아직 생의 감각에 길들여지지 않은
상처 입은 동물
데리고 나올 수 있다
그 동물 다시 살게 할 수 있다

비밀

내가 세상에 등을 돌렸다고 당신은 말한다
그렇지 않다
나는 다른 세계를 발견한 것이다

내가 냉정하다고 당신은 느낀다
그렇지 않다
나는 다른 열정을 찾은 것이다

내가 비현실적이라고 당신은 주장한다
그렇지 않다
나는 다른 현실에 눈뜬 것이다

내가 다른 사람이 되었다고 당신은 오해한다
그렇지 않다
나는 다른 나를 받아들인 것이다

내가 노래하지 않는다고 당신은 결론 내린다
그렇지 않다

나는 가슴의 음계를 따라가는 것이다

내가 사는 것의 즐거움을 잃었다고 당신은 단정한다
그렇지 않다
나는 다른 기쁨을 가슴에 품은 것이다

내가 기도하지 않는다고 당신은 나무란다
그렇지 않다
나는 절대 순종의 길을 걷고 있는 것이다

내가 더 이상 사랑하지 않는다고 당신은 판단한다
그렇지 않다
나는 다른 방식으로 더 깊이 사랑하는 것이다

쇠올빼미가 새끼 올빼미에게

모든 소리를 듣고

모든 감정을 느껴라

다른 새들의 해답에 물음을 던지고

네 안의 본능을 따라가라

너의 세계를 떠나는가 머무는가는 중요하지 않다

지금 네가 있는 곳이 너의 별자리이니

과거는 네가 부순 둥지

모든 상처와 화해하고

모든 색에 물들어

너 자신의 색을 건져 내라

다만, 잠이 없는 여행자가 되라

너 자신에 대해 깨어 있을 때

세상에 대해 깨어 있을 수 있다

번갯불의 섬광 들이마시고

비에 젖은 얼굴 내쉬라

가시나무가 자기 손바닥의 가시를 받아들이듯이

너의 고독을 당연한 것으로 여겨야 한다

네 안의 공허를 채우기 위해

가장자리에서 배회하지 말라

절반의 삶보다 더 슬픈 삶은 없다

날개의 힘을 키우되

너 자신으로부터 달아나는 새가 되지 말라

모든 타인을 만난 후에

너의 얼굴을 한 새가 너의 둥지 찾아올 때

미소 지으며 맞으라

불의 가시

신이 가시덤불에서 말을 걸든 꽃 속에서 말을 걸든
결국 무슨 차이가 있겠는가?

— 프란츠 폰 살레스

아는 사람이 날마다
백팔배를 한다는 아픈 사연을 듣고 나서
마룻바닥에 담요 접어 깔고
피라칸사스 가시나무 서 있는
동쪽 창 향해 아침마다
백팔배를 시작했다
마루 무늬 위에 어른거리는 나뭇가지
그림자 세며 엎드려 절을 하다가
열흘쯤 지나서야
나무 그림자 속에 숨은 새둥지와
부리 벌리고 지저귀는
새끼 새들을 발견했다
그동안 부화 중인 새알들을 향해 기도하듯
절하고 있었던 것이다

라틴어로 불의 가시라는 뜻의

피라칸사스

어미 지빠귀 새는 어떻게

불의 가시 속으로 헤치고 들어가

둥지 지었을까

가시는 자신을 찌르기도 하지만

세상으로부터 자신을 보호해 주기 때문일까

솜털 부숭부숭한 새끼 새처럼

그 안에서 새롭게 탄생해야 한다는 듯

날마다 가시나무 껴안고

삶 속으로 헤치고 들어가는

길 발견하는 것이

백팔배의 의미라는 듯

그러하기를

당신이 기쁨을 얻는 일이

그 기쁨만큼의 가치가 있기를

당신이 섬이라면

파도들이 앞다퉈 당신을 향해 달려오기를

당신이 살아가는 이유가 단순하기를

그만큼 분명하기를

태어나서 처음 운 울음만큼

당신의 운명이 절실한 것이기를

당신에게 작용하는 관성의 법칙이 허무가 아니라

행복에 대한 것이기를

당신이 엎드려 우는 곳이 동굴이 아니라

누군가의 가슴 위이기를

당신에게 삶이 아무것도 적을 수 없는 백지가 아니기를

그 백지 뒤집으면 지도가 나타나기를

당신 삶의 굴곡이 빛나는 굴곡이기를

자신의 감정들을 다양한 색깔의 날씨처럼 여기기를

자신의 것이 아닌 사랑의 종착역은 당신 자신이기를

그곳에서 다시 기차가 출발하기를

삶을 그리움으로 물들이는 것이 많기를
하루 한 번은 회전하는 세계의 중심이 되어
한 송이 꽃처럼 고요히 앉아 있기를
당신의 마지막 말은 '고마워요, 다시 만나요'이기를
그러하기를

슬퍼하지 않고는 사랑할 수 없다

슬퍼하지 않고는 사랑할 수 없는 것이
너무 많아
해마다 숫자가 줄어드는 바다거북
더 이상 찾아오지 않는 붉은머리두루미
풋눈 내려 뭇별들 얼굴 시릴 때
솜옷 꺼내 입고 흩어져 날던 쇠기러기 떼

슬퍼하지 않고는 사랑할 수 없는 것이
너무 많아
언제까지나 곁에 있을 것만 같았던
이마에 부딪치는 늦반딧불이
아침마다 나뭇가지 흔들며
왜 늦게 일어나느냐고 나무라던 긴꼬리딱새
두 손 땅에 짚고 물끄러미 쳐다보던 두꺼비

슬퍼하지 않고는 사랑할 수 없는 것이
너무 많아
가시덤불 속에서 돋움발로 웃던 흰제비꽃

손 내밀어 외로움 붙잡아 주던 하늘나리
마음의 작은 흉터들 위로
빛을 물어다 주던 노랑부리멧새

우리 자신을 슬퍼하지 않고는
사랑할 수 없는 것이
너무 많아
그때는 몰랐던
상실 후에 알게 되는 것들

시 — 이문재 시인에게

그해 겨울, 문학개론 수업이 끝나고

학교 앞 버스 정류장에서 그대를 만났지

저녁 무렵이었지

나는 주머니에 차비도 없고

잘 곳도 마땅히 떠오르지 않아

낙엽이나 차며 밤새 걸어다닐 생각이었지

하지만 우리는 당연히 갈 곳이 있는 것처럼

다른 학생들처럼 늦게 오는 버스 기다리는 것처럼

추운 정류장에 서서

누가 먼저랄 것도 없이

시에 대한 얘기를 꺼냈지

버스는 사람들 다 싣고 떠나고

마침내 우리 둘만 남자 갑자기 갈 곳 잃은

찬바람이 불어와

얇은 외투로는 전혀 견딜 만하지 않았지만

우리는 아무렇지도 않은 것처럼

정말 시 외에는 아무것도 중요하지 않은 것처럼

어두운 정류장에 다리를 옹송그리며 서서

어떤 시를 써야 하는가

아니, 어떤 시를 쓰지 않아야 하는가

한 시간이고 두 시간이고

서로의 마음 주고받았지

누가 우리를 만졌다면 불에 뎄을지도 모를 만큼

그때가 우리가 대화를 나눈 첫 순간이었지

그대는 잊어버렸는지 모르지만

그 이후 나는 아직까지도

그 정류장에 서 있지

때로는 나 혼자

때로는 복화술사 인형처럼 그대와 함께

세상의 버스마저 끊긴 그 자리에

긴 손가락과 고독 외에는 주머니에 아무것도 없던

그때의 모습 그대로

어떤 시를 썼는가

아니, 어떤 시를 쓰지 않았는가

어둠 속을 돌아보면서

고독과의 화해

이따금 적막 속에서
문 두드리는 기척이 난다
밖에 아무도 오지 않은 걸 알면서도
우리는 문을 열러 나간다
어쩌면 그것은 우리 자신의 고독이
문 두드리는 것인지도
자기 밖으로 나가서
자신을 만나기 위해
문 열 구실을 만든 것인지도
우리가 사랑을 발견하는 것이 아니라
사랑이 우리를 발견하기를 바라면서

아직은 이른봄

나는 아직 어둠이 필요해요
스무 날은 더 많은 밤이
그러니 재촉하지 말아요
어서 눈을 뜨라고
차가운 동굴에서 나와
어서 꽃을 피우라고
아직은 몇 날 동안
더 겹겹이 오므리고 있어야만 해요
얼굴 묻고 더 꿈꾸고 있어야만
내 존재는 아마 겹겹이 파랄지도
축축한 흙 속에서 온 감각을 열고
한 촉의 희망을 기다린 자만이
꽃에 대해 말할 수 있으니까
그러니 너무 이르게 불러내지 말아요
어서 서리의 문을 열라고
어서 언 가슴을 열라고

접촉 결핍

만약 자신이 죽었는데 그 사실을 모른다면
당신은 허기를 느낄 것이다
뱃속 허기가 아니라 피부의 허기를
당신의 피부는 접촉을 원하지만 이제는
그것이 허용되지 않는다
가벼운 포옹, 어루만짐, 우연한 스침도
봄바람마저 당신의 얼굴을
간지럽힐 수 없다 다가가 손을 내밀지만
뼛속까지 투명한 혼이 되어
누구도 그 손 잡을 수 없고
그 손 또한 다른 손 잡을 수 없다
살아 있을 때 당신은 접촉을 두려워했다
상처 줄까 상처 입을까
그림자 인형으로 살았다
서로 맞닿은 것처럼 보이나
실제로는 아무 접촉도 하지 않는 그림자놀이 속
인형으로
하지만 육체가 없는 지금

당신이 갈망하는 것

당신이 질투하는 유일한 것은

서로 만지고 입 맞추고 껴안는 행위

그것들 모두 가능했던 때를

그리워하면서

격렬한 통증 같은 접촉 결핍으로

혼이 점점 희미해져 가면서

* 접촉 결핍 – 관계에 있어서 친밀함의 요소가 부족하면 인간은 배가 고
픈 것처럼 '접촉 고픔skin hunger'을 느낀다

델리의 새병원

한 남자가 인도 델리의 새병원에 찾아와 한쪽 날개가 부
러져 날 수 없다며

치료를 부탁했다

사원에 들어올 때처럼 맨발이었다

의사는 남자의 말을 잘못 알아듣고서

새를 보여 달라고 했고,

남자는 웃옷을 벗어

자신의 왼쪽 어깻죽지에 매달린

부러진 날개를 보여 주었다

수백 개의 새장에서 온갖 상처 입은 새들이

놀라 쳐다보는 가운데

의사는 의심 가득한 눈으로 남자의 날개를 살폈다

접합 부위의 피부와 혈관을 관찰하고

황갈색 깃털을 잡아당겨도 보고

날개 근육과 힘줄의 강도를 검사한 후

마침내 결론에 이르렀다

어떤 관점에서 봐도 태생적인 날개임이 분명하다고

그제서야 의사는 남자가 보통 인간과는 다른

새의 둥근 눈을 하고 있으며
정신 또한 이 세상에 속한 것이 아님을 알아차렸다
지면에서 약간 들린 발바닥과 둥글게 굽은 발가락들은
그가 언제든 날아갈 수 있음을 암시했다
그곳이 어디일지는 그만이 알지라도

날개가 부러진 이유를 묻자, 남자는
가느다란 실에 다리가 묶여
벗어나려고 몸부림치다가
그렇게 되었노라고 담담히 말했다

찢어진 연결 조직 몇 바늘 꿰매고
연고를 바른 후,
날개의 용도가 무엇이냐는 현실적인 질문에 대한
남자의 대답은 간단했다
그는 사람이 눕기에는 좁은 수술대 위에서
날개를 크게 한번 접었다 펴며
놀라 뒷걸음질 치는 의사에게 말했다

날아갈 수 있는 한 멀리까지 가 보는 일이라고

저 멀리

세상이 노래하는 곳까지

* 델리에는 자이나교에서 운영하는 곳을 비롯해 여러 새병원이 있다

꽃의 선언

모든 꽃은 발끝으로 선다

다른 꽃보다 높아지기 위해서가 아니라

옷자락 잡아당기는

어둠보다 높이 서기 위해

무채색의 세상에

자기 가슴 물들인 색으로

저항하기 위해

꽃으로 핀다는 것은

톱니 모양 잎사귀의 손을 뻗어

불확실한 운명 너머로

생을 던지는 자기 혁명 같은 것

모든 꽃은 발끝으로 선다

마음 자락 끌어내리는

절망보다 높이 서기 위해

다른 꽃들 향해 얼굴 들고

자기 선언을 하기 위해

바람이 불면 겨울나무가 되라는 말

물은 마른 입술을 더 가까이 끌어당긴다는 말
원하는 것 갖기 전에 먼저 감사하라는 말
사랑한다는 것은 서로가 서로를 구원할 수 있다는 말
헤어진 것보다 헤어진 방식이 더 아프다는 말
다른 사람들을 어떻게 대해야 하느냐는 물음에
다른 사람이란 없다고 답했다는 말
나는 너와 함께 있을 때의 내가 좋다는 말
어떤 것들이 원을 그리며 떠나갈 때 원의 중심에 머물라
는 말
고독을 이기려면 고독의 끝까지 가 봐야 한다는 말
세상은 나와 함께 시작되지 않았으며
나와 함께 끝나지도 않는다는 말
단지 나와 함께 살아 있다는 말
행복한 사람이 있으면 더 많은 불행한 사람이 있고
치유된 상처가 있으면 더 많은 치유되지 않은 상처가 있
다는 말
새가 하늘을 날 수 있는 것은 자신 안에 하늘을 가지고
태어났기 때문이고

불완전한 단어들이 모여 시가 될 수 있는 것은 가슴 안에 시가 있기 때문이라는 말

사랑하는 것을 따라가면 길을 잃지 않을 것이라는 말

내가 원하는 것들로부터 나를 지켜 달라는 기도의 말

꽃이 지는 것이 꽃의 패배는 아니라는 말

바람이 불면 겨울나무가 되라는 말

이 행성에 78억 개의 심장이 매 순간 뛰고 있다는 말

너의 존재가 풍경을 더 아름답게 만든다는 말

슬픔을 함께하면 기쁨이 된다는 말

울지 않는 눈물은 독이 된다는 말

하나의 물방울 속에서도 파도가 치고 있다는 말

늦게 출가해 경전 외는 승려가 발견한 구절

어떤 꽃도
거짓으로 꽃을 피우지 않는다

어떤 새도
절반의 마음으로 날갯짓하지 않는다

어떤 번개도
건성으로 파열하지 않는다

어떤 강도
마음에 없이 바다로 향하지 않는다

어떤 바다도
절실함 없이 파도치지 않는다

이 길에 온 존재 쏟아붓지 않는 것은 없다
자신이 속한 세상과
일체가 되기 위해

다 걸어야 한다

아무리 작은 기회라도

온몸을 던지는 씨앗처럼

알래스카 개구리

알래스카의 숲 개구리는

무슨 이유로 그곳에 살게 되었는지

개구리 자신도 알지 못하고

원주민들도 잘 모르지만,

달이 여섯 번 차고 기우는 긴 겨울 동안

몸이 완전히 언 상태로 변한다

끊임없이 내리는 눈 속에서

호흡이 정지하고

심장 박동이 멈추고

혈액 순환도 중지된다

뇌가 활동을 중단해 발가락 하나 움직일 수 없다

그렇게 초록색 얼음 덩어리가 되어

기다리다가 마침내 봄이 오면

몇 분 만에 온몸이 해빙되고

폐와 심장이 정상으로 돌아와

가까운 연못에서 다시 삶을 시작한다

그 빙결의 시간 동안

심장 세포만큼은 살아 있어

날이 따뜻해지면 언제든 부활이 가능하다
얼어 죽는 것이 아니라
얼어서 살기로 결심한 개구리

어느 날 자신도 모르게 외딴 별에 와서
온 존재가 얼어붙어도
온 존재로 심장 세포를 살아 있게 하는 것
그게 바로 인생이지

겹쳐 읽다

새는 어떻게 울대에 쌓인 어둠
그토록 밝게 쏟아 내며
새벽부터 노래할 수 있을까
나는 아직 전생의 어둠조차
목 안쪽에
모아 두고 있는데

꽃은 어떻게 가느다란 줄기에
그토록 크고 무거운 꽃송이들
보란 듯이 쳐들고 있을까
나는 작은 번뇌의 무게에도
꺾어진 월하향 꽃대처럼
횡격막에 고개 떨구는데

풀잎은 어떻게 야생 기러기처럼
그토록 격렬한 비바람 후에
더 생기 있게 희망의 부리를 내밀까
나는 천랑성 별 아래서

사소한 운명의 몰아침마다
기립근이 끊어지는데

비는 어떻게 씻김굿하듯이
그토록 사납게 퍼붓다가
한순간에 멎을 수 있을까
나는 감정의 어휘들 기억에 뒤엉켜
절망의 이편에서 희망의 저편으로 건너가는 데
일생이 걸리는데

어떤 사랑

어느 길을 걷든
네가 있는 방향으로 다가갔다
네가 어디에 있는지도 모르면서

어느 곳을 가든
너를 찾아다녔다
네가 누구인지도 모르면서

첫 음절 외우면서부터
모든 단어 속에서 너의 이름을 찾았다
너의 이름 알지도 못하면서

소리 들리는 곳마다에서
너의 목소리 쪽으로 귀를 열었다
네가 어떤 언어로 말하는지도 모르면서

수많은 얼굴들 속을 여행했다
너를 알아볼 수 있기 바라면서

너의 얼굴 본 적도 없으면서

너를 사랑하지 않은 적이 없었다
어떻게 사랑해야 하는지도 모르면서
너는 아픔이면서 그 아픔 낫게 하는 손이므로

서로 다른 길 가고 있을 때에도
서로 다른 곳 바라볼 때에도
네가 나를 살게 했다

오늘은 나의 몫, 내일은 신의 몫

내 마음속에 머무르는 새여

네가 나를 아는 것만큼은

누구도 나를 알 수 없다

너는 두려움과 용기의 날개 가졌으며

상실과 회복의 공기 숨쉬며

날것인 기쁨과 슬픔에 몸을 부딪친다

너의 노래는 금 간 부리가 아니라

외로운 영혼에서 나온다

그럼에도 희망의 음표 잃지 않는

내 마음속에 머무르는 새여

내일 네가 어느 영토로 날아갈지는

내가 생각할 일이 아니라

신이 결정할 일

삶이 가져가는 것에 대해서는 불안해하지 않으련다

삶이 남기고 가는 것도

삶은 전부를 주고 그 모든 것 가져갈 것이므로

오늘은 나의 몫

내일은 신의 몫

요가 수행자의 시

매일 아침 나는
삶에 대해 '네'라고 말하며
절한다
어둠 속에서 두려움으로 웅크렸던 몸을 펴고
미지의 하루를 향해 두 팔을 내민다

이미 일어난 일과
아직 일어나지 않은 일로
심장을 무겁게 하지 않는다
그 대신 두 발을 모으고 산처럼 서서
생의 마지막 순간까지 나의 벗이 되어 줄
호흡에 마음을 얹는다

한 다리로 서서는
내가 대지에 뿌리 내린 한 그루 나무임을,
세상이 나를 흔들기도 하지만
결국 나를 흔드는 것은 나 자신임을 자각한다
모든 행위 속에서 다만 기쁨을 유지하는 것

그때 어떤 행위도 헛되지 않음을

금잔화처럼 해에게 드리는 경배는
내 몸과 정신을 똑바르게 하고
그 빛 속에서는 행복도 고뇌도 눈부시다
내가 원하는 것들이 모두
내 것일 수 없음을 나는 안다
눈물은 얼굴에 골이 패이기 전에 닦고
상실은 덧나기 전에 치료해야 함을

행위도 유희도
의식에서 피어났다가 의식으로 돌아가는 꽃들
결국 내가 넓히려 하고 늘리려 하는 것은 나의 의식
어떤 동작도 과장하거나 과시하지 않으며
사자와 뱀과 전사처럼
몸의 작은 움직임에도 자신의 전부를 담는다
모든 차원의 수행자에게
아기 자세가 최고의 자세임을 기억한다

매일 밤 나는

다시 삶에 대해 '네'라고 말하며

절한다

계획대로 이루어지게 해 달라고 기도하는 대신

계획에 없던 일들을 더 많이 준비해 달라고 기도하면서

그리고 깊이 죽은 자세로 잠든다

내일 내가 살아 있다면

완전히 새로운 몸과 정신으로 깨어나기 위해

시 읽기

맹인 소녀가 손가락으로
점자를 더듬어
시를 읽는다
손의 파란 혈관을 타고
단어 하나하나
구두점 하나하나
그녀의 심장으로 여행한다
은유에서 잠시 머뭇거리고
색의 형용사가 두 눈의 어둠 물들이고
동사들이 문장 밖으로 걸어나와
그녀를 안내하는 동안
세상의 어떤 것도
그녀의 상상을 방해하지 못한다
시의 마지막 행에 이르러
손가락 끝이 가늘게 떨린다
시의 혼과 하나된 것처럼
그녀 자신이 그 시 쓴 것처럼
나는 그렇게 시를 읽지 못했다

달에 관한 명상

완전해야만 빛나는 것은
아니다
너는 너의 안에 언제나 빛날 수 있는
너를 가지고 있다
겉으로 보이는 너보다
더 큰 너를

달을 보라
완전하지 않을 때에도
매 순간 빛나는 달을

동박새에게 하는 당부의 말

내가 떠나 있는 동안

돌집 주변 사정 자세히 알려주기 바란다

작년과 달리 눈이 많이 내렸는지

봄장마가 열흘 넘게 이어져 어린 것들마다

감기치레하지나 않는지

계절의 변화와 별자리 이동에 대해

네가 아는 것 전부를

가능하다면 너의 꽁지깃 까불어

그곳 바닷바람과 비 내음을 보내다오

옮겨 심은 산수국은 꽃이 너무 커서

목이 외롭게 휘지는 않았는지

먼 나라에서 귀화한 파란 눈의 등심붓꽃은

떠나온 곳 그리워 비 오는 날마다 파란 눈물 글썽이는지

나처럼 사람과의 거리 잘못 계산해

상처 입지나 않았는지

내가 없는 동안 너와 긴꼬리딱새와 싸락눈 말고

또 누가 찾아와 닫힌 창문 기웃거렸는지

가끔 차 마시러 들렀던 동네 수도원 수사 신부는

몇 번 문 두드리다 발길 돌렸는지도

사람들은 그곳의 거친 환경과 고독을 말하지만

나는 오히려 혼자여서 좋았다

내가 나일 수 있는 유일한 장소

떠날 때 눈뭉치와 흙 한 줌 가지고 왔건만

눈은 어느 틈엔가 녹아 버리고

흙은 바지 주머니에서 바스라졌다

하지만 동박새여, 내가 어디로 떠나겠는가

네가 지저귈 때 나는 그곳에 있다

내가 돌집 안에서 듣고 있는 것처럼

아침마다 와서 너의 시 들려다오

돌집 있는 방향으로 귀를 모으면

내 영혼이 눈 감고도 찾아갈 수 있도록

내가 다른 어디로 가지 않도록

다시 이곳에 돌아와 충분히 사랑하도록

* 시인은 이 시집에 실린 여러 편의 시를 서귀포 법환마을 바닷가 돌집에서
  지내며 썼다. (편집자 주)

단 한 편의 시라도 주머니에 있다면

레나타 체칼스카

해마다 계곡에서 눈이 녹기 시작하면 나는 폴란드와 슬로바키아 국경에 있는 타트라산맥으로 하루 일정의 여행을 떠난다. 내가 사는 크라쿠프 시에서 자동차로 두 시간 거리이며, 차를 내려 10킬로미터쯤 가파른 산길을 올라가면 내가 기대한 풍경이 마중 나온다. 눈밭 여기저기 크로커스 꽃이 피어 있는 것이다. 그리스 신화에 따르면 유한한 존재인데도 불멸의 요정을 사랑해서 마음을 애태우다가 죽은 미청년 크로코스가 변신한 꽃이다.

여행은 시기를 잘 맞춰야 한다. 2월 말이 되어 춥고 음울했던 날들이 조금씩 밝고 따뜻해지는 기미가 보이고, 엷은 쇳빛 같던 겨울 하늘이 초록으로 녹슨 듯한 봄의 첫 햇살을 흩뿌리면 내 가슴은 크로커스를 보러 산을 오를 순수한 기대감으로 설레기 시작한다. 영원히 이어질 것 같던 중부유럽의 혹독한 겨울 끝자락에서 만나는 올해의 첫 야생화인 것이다.

3월 중순경이 되면 나는 날씨를 점검한다. 소중한 기회를 놓치고 싶지 않은 것이다. 산악지방의 크로커스는 개화기가 짧기 때문이다. 우리 삶의 기회가 다 그렇지 않은가. 일주일이나 보름이면 끝이 난다. 우리가 소중히 여기고 오래도록 곁에 두려고 하는 것들이 그렇듯이 야생 크로커스의 섬세한 아름다움은 금세 흔적 없이 사라진다. 단지 우리의 홍채 안에 그 모습과 색이 모였다가 기억 속에만 남을 뿐이다. 기념으로 한두 포기 뽑아 가는 것도 허용되지 않는다. 야생 크로커스는 엄격한 보호종이기 때문이다.

매년 내 기억의 갈피에 저장되는 짧은 생애의 크로커스 꽃은 내게 일러 준다. 그 순간들을 소중히 여기라고. 모든 단명하는 기쁨들을 붙잡으라고. 또한 겨울이 끝날 것이라는 희망을 놓치지 말라고. 누군가 말했듯이, 어쩌면 우리는 죽은 후에야 살아 있었던 날들이 얼마나 행복했는가를 깨닫게 되는지도 모른다.

손을 내밀어 보라

다친 새를 초대하듯이

가만히

날개를 접고 있는

자신에게

상처에게

손을 내밀어 보라

언 꽃나무를 초대하듯이

겹겹이

꽃잎을 오므리고 있는

자신에게

신비에게

손을 내밀어 보라

부서진 적 있는 심장을 초대하듯이

숨죽이고

문 앞에서 기다리고 있는

자신에게

기쁨에게

— 「초대」

좋은 시는 내 손을 잡아 주기 위해 내미는 손이다. 다친
새처럼 웅크린 나에게, 부서져 금 간 자아에게, 그리고 내
안에 숨겨져 있지만 너무 자주 무시당하는 기쁨을 초대하
는 손으로. 좋은 시는 바깥으로 우리를 불러내지 않는다. 먼
저 안으로 우리를 초대해, 얼음장 같은 삶 밑에서 기다리는
기쁨과 신비를 확인시킨다.

크로커스의 몇 장 안 되는 얇은 꽃잎은 창백한 보라색이
며, 지표면에 붙어 솟아 나온 허약한 줄기는 너무 짧아서 줄
기라고 이름 붙이기도 어렵다. 하지만 겉으로 보기에 연약하
고 대단찮은 그 꽃이 겨울마다 타트라산맥에 퍼붓는 거대한
눈과 맞닥뜨린다. 눈은 모든 형상과 색깔을 뒤덮어 흠잡을
데 없는 흰색 풍경만이 남게 만들며, 산봉우리와 숲과 계곡

과 시냇물은 차가운 겨울 해의 놀이터가 된다. 햇빛이 오히려 눈발을 단단히 엉겨 붙게 해 영원히 녹지 않을 것처럼 보이는 두꺼운 얼음 층을 만든다.

하지만 태양이 겨울의 냉정함을 잠깐 잊는 순간, 그 작은 크로커스 꽃이 단단히 언 눈을 뚫고 얼굴을 내민다. 각각의 작은 꽃은 자신의 열기로 자기 주변의 눈을 녹인다. 그래서 그 연약한 줄기 둘레마다 기적의 원이 그려진다. 꽃들이 짧은 생애를 마치고 우리의 기억 속으로 뒷걸음질 친 후에도 눈 덮인 산의 경사면에 그 눈 녹은 작은 원들이 남는다. 사라지기 전 며칠 동안 크로커스의 따뜻한 연보라색은 희망의 색이 된다. 뾰족한 꽃잎은 똑바로 서는 법을 가르쳐 준다. 나는 눈밭에 무릎을 꿇고 그 빛나는 얼굴에 내 얼굴을 갖다 댄다.

어떤 의미에서, 그곳에서 나를 기다리는 것은 크로커스 꽃이 아니라 또 한 번의 겨울을 막 통과한 나 자신이라는 생각이 든다. 다시 한번 새로운 세계로 자신을 열기 시작한 나. 마치 나 자신이 나에게 초대되기를 기다리고 있었던 것 같다. 내가 기쁨을 찾아 헤매는 것이 아니라 기쁨이 나를 발견하기를.

이따금 고요 속에서
문 두드리는 기척이 난다
밖에 아무도 오지 않은 걸 알면서도
우리는 문을 열어 나간다

어쩌면 그것은 우리 자신의 고독이

문을 두드리는 것인지도

자기 밖으로 나가서

자신을 만나기 위해

문을 열 구실을 만든 것인지도

우리가 사랑을 발견하는 것이 아니라

사랑이 우리를 발견하기를 바라면서

 ─「고독과의 화해」

누구에게나 그렇듯이 내 삶에도 겨울에 해당하는 시기가
여러 차례 있었다. 시련과 슬픔과 번민의 계절이. 불안감을
견디기 힘들어 멀리 달아나고 싶었던 순간들, 일상생활을
계속하는 것마저 힘겹던 시간이. 중요한 결정을 내리기 위해
가진 용기를 다 모아야 하고, 그 결정을 따를 강한 의지가
필요한 시기가 있었다. 그때마다 나는 산에 봄이 오는 소식
을 고대했다. 그리고 매번 같은 장소로 가서 언 눈의 두꺼운
층을 뚫고 솟아 나오는 연약한 꽃들을 보며 반가움의 눈물
을 흘렸다.

그 꽃들 앞에서 나는 깨닫곤 했다. 세상은 나의 벌거벗은
피부에 언제든 생채기를 낼 수 있다. 옷을 걸치지 않은 삶은
훨씬 상처 입기 쉽고 고통스럽다. 하지만 진정한 삶을 위해
서는 가식이라는 옷 없이 살아남는 힘을 기를 필요가 있다.
그럴 때마다 나는 미소 띤 얼굴의 작은 크로커스 꽃에게서
밝음, 긍정적인 의지, 희망을 빌렸다.

꽃샘바람에 흔들린다면
너는 꽃이다

모든 꽃나무는
홀로 봄앓이하는 겨울
봉오리를 열어
자신의 봄이 되려고 하는

너의 전 생애는
안으로 꽃 피려는 노력과
바깥으로 꽃 피려는 노력
두 가지일 것이니

꽃이 필 때
그 꽃을 맨 먼저 보는 이는
꽃나무 자신

꽃샘추위에 시달린다면
너는 곧 꽃 필 것이다
　　―「꽃샘바람에 흔들린다면 너는 꽃」

　내 마음은 이 시의 모든 행과 함께한다. 그렇지 않은가. 꽃
샘바람에 흔들리고 꽃샘추위에 시달린다면 그것은 나 자신
이 꽃이기 때문이다. 우리 모두는 완성된 자아가 되려고 봄

앓이하는 존재들이다. 또한 우리의 생애는 밖으로 꽃 피려는 노력과 안으로 꽃 피려는 노력 두 가지여야 한다. 어느 한쪽으로만 향해도 안 된다. 밖으로만 피는 꽃은 뿌리가 허약하고, 안으로만 피는 꽃은 현실 세계에서 멀어진다. 그리고 무엇보다 꽃이 필 때 그 꽃을 맨 먼저 보고 기뻐하는 이는 다름 아닌 꽃나무인 우리 자신이다. 우리는 우리를 흔드는 어떤 시련보다 큰 존재인 것이다. 이만한 은총이 어디 있겠는가.

> 길고 어두운 밤 보낸 후
>
> 봄앓이 끝에 피어난
>
> 제비꽃 파란 눈 앞에서
>
> 있는 그대로의 나
>
> 다시 마주하는 이 순간
>
> 나는 기도한다
>
> "고마워요,
>
> 빛을 다 쓴 반딧불이처럼 부서진 나를
>
> 온전히 빛나게 해 줘서."
>
> 신이 말한다
>
> "너는 부서진 적 없어.
>
> 언제나 온전한 반딧불이였어."
>
> ―「이보다 더 큰 위안이 있을까」 부분

힘들 때마다 시가 나를 찾아왔다. 청소년기에 나는 무시당하고 사랑받지 못한다는 기분 때문에 괴로웠다. 세상으로부터 외로운 도피가 필요할 때면 어김없이 시가 그곳에 있었다. 열다섯 살에 갑자기 쓰러졌고 심장병동에서 눈을 떴다. 그것은 이후 수십 년 동안 이어질 병원 치료의 첫날에 지나지 않았다. 병실의 다른 환자들이 "저토록 어린 아이가 어떻게 이곳에 입원해 있지?"라고 혀를 찰 때면 나는 시 속으로 달아났다. 너무 기쁘게도 병동 책꽂이에는 시집이 많았으며, 그때까지 알지 못했던 시인들의 시를 읽으면서 내가 어디에, 왜 갇혀 있는지 잊을 수 있었다. 갑자기 불행이 닥쳐도 완전히 절망할 필요는 없다고 시인들이 말해 주었다.

그러다가 인생에 중요한 결정을 내려야만 하는 시기가 찾아왔다. 서양 고전문학과 고대 그리스 사상을 주로 가르치는 고등학교를 졸업할 무렵, 나는 서양 문화 전통에서 탈출할 기회를 찾고 있었다. 나의 미래에 대해 다른 계획을 갖고 있던 아버지의 뜻과는 반대로 인도의 학문을 공부하기 위해 동양학회에 지원했다. 집으로 달려가 자랑스럽게 합격 소식을 알리자 아버지는 냉소적으로 말했다.

"너는 인생을 낭비할 다양한 방법을 알고 있구나."

그 말이 몇 년 동안이나 나를 따라다녔다. 그러던 어느 날, 영국 국립 도서관에서 책들을 찾다가 우연히 인도 시인 아게야Agyeya의 시집을 발견했다. 그 순간 나는 내가 올바른 선택을 했음을 알았다. 어찌 보면 주위로부터 거부당하는 것은 축복의 다른 말일 수가 있다.

훗날 처음 인도로 향했을 때 아버지가 한 말이 다시금 나를 괴롭혔다. 나는 갓 딴 박사학위 증서를 자랑스럽게 들고 장학생 자격으로 델리대학교에 도착했다. 그리고 짐을 푼 첫날부터 내가 그 나라의 실체에 대해 정말이지 아무것도 모른다는 사실을 깨달았다. 게다가 힌디어로 대화하는 것조차 불가능했다. 그때까지 5년 넘게 힌디어로 된 문학책을 공부하고, 강의를 듣고, 논문을 읽었지만 현실에서는 말이 통하지 않았다. 다른 사람이 하는 말을 아주 조금밖에 알아듣지 못했고, 비극적이게도 강의실 밖에서는 내가 하는 말을 아무도 이해하지 못했다. 나는 기숙사 방에 스스로를 가두고 꼬박 일주일 동안 밖으로 나가지 않았다. 암울했고, 길을 잃었으며, 집으로 돌아가고 싶은 마음뿐이었다.

이번에는 니랄라Nirala라는 이름의 또 다른 인도 시인이 추락하는 나를 구조했다. 도착한 이튿날 어떤 미지의 힘에 이끌려 델리대학 도서관에서 처음 빌린 책이 그의 시집이었다. 그 시인이 말하는 힌디어를 내 가슴이 알아들었고, 그 역시 내 가슴이 하는 말을 알아듣는다고 나는 확신했다. 그리하여 방 밖으로 나갈 용기를 얻었으며 그냥 학교생활을 시작해 나갔다. 달콤한 꿀 향기 나는 아열대의 이름 모를 나무들 아래서 하루하루 살아 나가면서 내가 인도를 선택한 것이 옳은 결정임을 느꼈다. 어쩌면 인도가 나를 선택했는지도 모르지만.

내가 세상에 등을 돌렸다고 당신은 말한다
그렇지 않다

나는 다른 세계를 발견한 것이다

내가 냉정하다고 당신은 느낀다
그렇지 않다
나는 다른 열정을 찾은 것이다

내가 비현실적이라고 당신은 주장한다
그렇지 않다
나는 다른 현실에 눈뜬 것이다

내가 다른 사람이 되었다고 당신은 오해한다
그렇지 않다
나는 다른 나를 받아들인 것이다

(중략)

내가 더 이상 사랑하지 않는다고 당신은 판단한다
그렇지 않다
나는 다른 방식으로 더 깊이 사랑하는 것이다
　－「비밀」 부분

　어린 시절, 나는 부모의 이혼을 홀로 겪었다. 그 이혼의 이유를 아무리 해도 이해할 수 없었으며, 사랑이 끝났을 때 세상이 얼마나 갑자기 변할 수 있는지 배웠다. 어떻게 이것이 누구의 잘못도 아닐 수 있단 말인가. 수술용 칼로 살을 베듯이 영원한 흉터를 남기는 그 가혹한 결정에 대해 아무도 책임질 수 없다니. 나는 울면서 시를 읽었다.

몇 년 후에는 내가 사랑하던 남자가 세상을 떠났다. 갑작스러운 병으로 거의 예고도 없이 죽었다. 마지막 남기는 말도 없었다. 배웅하며 말없이 곁에 앉아 있어 줄 기회조차 없었다. 작별의 시선도 나누지 못했다. 너무 심한 충격과 고통으로 나는 살아갈 의지를 잃었다. 이번에도 시가 나를 절망의 깊은 우물에서 꺼내 주었다. 거의 2년을 죽은 사람처럼 지내다가 우연히 그 시 몇 편으로 인해 새로운 방향으로 여행하게 되었다.

류시화의 시가 그렇게 나를 찾아왔다. 내 가슴은 더 이상 고통받는 것이 두려워 활짝 열리기를 주저하고 내 눈은 아직 과거로만 향해 있었지만, 그의 시 덕분에 세상의 아름다움이 다시 다가오기 시작했다. 그의 시는 중요한 실존적 주제를 다룬다. 삶, 사랑, 고독, 상실, 병, 절망, 기쁨, 그리고 타인과의 관계뿐만 아니라 자기 자신과의 관계에 대한 깊은 사색이 시마다 담겨 있다. 또한 눈 속에서 피는 야생 크로커스 꽃처럼 밝음, 긍정적인 의지, 희망을 준다. 영어로 번역된 몇 편 안 되는 그의 시를 읽은 첫 순간부터 나는 세상에 대한 내 느낌과 감각이 다시 살아나는 것을 느꼈다. 그래서 한국어를 모르면서도 용기 내어 그에게 연락했다.

너의 걸작은

너 자신

자주 무너졌으나

그 무너짐의 한가운데로부터

무너지지 않는 혼이 솟아났다

무수히 흔들렸으나

그 흔들림의 외재율에서

흔들림 없는 내재율이 생겨났다

다가감에 두려워했으나

그 두려움의 근원에서

두려움 없는 자아가 미소 지었다

너는 봄을 맞이하는 것이 아니다

너 자신이 봄이다

너 자신이

너의 걸작

    －「눈물꽃이 나에게 읽어 주는 시」

    나는 봄을 맞이하는 것이 아니며, 나 자신이 곧 봄이어야 한다는 말이 마음에 울린다. 그것은 삶과 완전하게 하나가 되어야 한다는 의미일 것이다. 나 자신이 나의 걸작이 되기 위해서는 말이다. 좋은 시는 머리로 이해하기 전에 먼저 마음으로 느껴야 한다. 좋은 시는 갑자기 혼에 와닿으며, 그런 다음에 어떻게 삶과 세상을 느껴야 하는지 암시한다. 그리고 어떤 시는 상실과 슬픔을 경험한 후에야 비로소 의미를 이해할 수 있다. 나아가 상실과 슬픔의 계절을 이겨 내도록 우리를 미리 준비시킨다.

처음 류시화 시인을 만났을 때, 시 쓰는 법을 어디서 배웠느냐고 물었다. 그는 주저 없이 '시를 쓰면서 시 쓰는 법을 배웠다'라고 답했다. 그것이 정답일 것이다. 삶에 다른 정답이 없는 것처럼. 철학서적이나 영적 스승들의 가르침을 통해 삶에 대해 배울 수는 있겠지만, 사실 우리는 매일 삶을 살아가면서 사는 법을 배운다. 더 많이는 삶에 실패하고 좌절하고 한계에 도전하면서, 삶과 하나가 되면서 말이다.

또 하나 나에게 강렬한 인상을 심어 준 것은 한국어에 대한 그의 애정이다. 어쩌면 애정이라는 단어가 적합하지 않을지도 모른다. 그는 그것을 '운명'에 가까운 뜻으로 말하기까지 했다. 내가 한국어에 능통한 제자와 함께 그의 시를 영어와 폴란드어로 번역하겠다고 하자, 기뻐하거나 격려해 줄 거라 기대했는데 당황스러울 만큼 단호하게 거절했다.

"내 시는 다른 언어로 표현이 불가능하다. 시가 죽는다."

그의 시에 대한 연구 논문을 쓰고 싶다고 했을 때도 그는 손을 저으며 말했다.

"한국에 훌륭한 시인이 많으니, 나 말고 그들의 시를 소개하라. 내 시는 한국인이 한국어로 읽는 것으로 충분하다."

그것이 단순히 겸손의 표현으로는 들리지 않았다. 그만큼 자신의 시에 담긴 언어의 울림에 자부심을 갖고 있었다. 그는 오래 시를 썼는데도 한국어의 수많은 형용사와 부사, 놀라운 접미사 변화, 그리고 단어들이 가진 울림에 여전히 매료당해 있었다. 그는 시를 먼저 입속으로 중얼거려 다 외운

다음에야 종이에 옮겨 적는다고 들었다. 그의 시를 한국어로 읽는 행복을 누리는 사람들을 나는 질투한다.

봄이면 꽃마다 찾아가 칭찬해 주는 사람
남모르는 상처 입었어도
어투에 가시가 박혀 있지 않은 사람
숨결과 웃음이 잇닿아 있는 사람
자신이 아픔이면서 그 아픔의 치료제임을 아는 사람
이따금 방문하는 슬픔 맞아들이되
기쁨의 촉수 부러뜨리지 않는 사람
한때 부서져서 온전해질 수 있게 된 사람
사탕수수처럼 심이 거칠어도
존재 어느 층에 단맛을 간직한 사람
좋아하는 것 더 오래 좋아하기 위해
거리를 둘 줄 아는 사람
　－「그런 사람」 부분

내가 좋아하는 사람은
나뭇잎의 집합이 나뭇잎들이 아니라
나무라고 말하는 사람
꽃의 집합이 꽃들이 아니라
봄이라는 걸 아는 사람
물방울의 집합이 파도이고
파도의 집합이 바다라고 믿는 사람

내가 좋아하는 사람은

길의 집합이 길들이 아니라

여행이라는 걸 발견한 사람

절망의 집합이 절망들이 아니라

희망이 될 수도 있음을

슬픔의 집합이 슬픔들이 아니라

힘이 될 수도 있음을 잊지 않는 사람

　　　　－「내가 좋아하는 사람」 부분

　지난 2년 동안 내가 전화할 때마다 류시화는 시를 쓰고 있거나 제주도 바닷가를 거닐거나 귤밭에서 일하고 있었다. 그는 '잡초와 싸우고 있다'고 했다. 내 귀에는 그 말이 '내 안의 잡초와 싸우고 있다'로 들렸다. 풀꽃이 많이 피었다고 전하면서는 '한 개의 기쁨으로 천 개의 슬픔을 감싸고'라는 구절을 들려주었다. 아무튼 그는 지금 쓰고 있는 시 아니면 풀꽃들에 대한 이야기, 간혹 코로나바이러스19 유행으로 인해 가지 못하는 인도에 대한 이야기를 했다. 그러고는 전화가 끊어진 것처럼 침묵이 이어졌다.

　'단 한 편의 시라도 주머니에 있다면 우리는 죽음을 걸어서 건널 수 있다. 읽고, 쓰고, 사랑하는 것이야말로 우리를 구원하는 삼위일체다'라고 프랑스 시인 보뱅은 썼다. 시는 우리에게 세상을 어떻게 건너고 있는가 묻는다. 우리는 이따금, 혹은 자주 세상과 불협화음을 겪는다. 삶으로부터 배척당하는 기분이 들고, 관계가 헝클어진다. 복잡한 감정으로 인해 인생은 고통 그 자체다. 사랑하는 이를 잃는 것 같은 필연적인 상실뿐 아니라 사회적 혼란과 행성의 불안한 미래도 한몫을 한다. 아직도 우리는 편파적인 국가주의, 좌파와 우파 이념에서 자유롭지 못하다. 명상 교사 샬롯 조코 벡이 말하듯이 삶은 매 순간 우리에게 모기, 불행, 교통체증, 못마땅한 상사 또는 직원, 질병, 손해, 우울한 순간들을 보내 준다. 어떻게 하면 기쁨의 조각을 발견할 수 있을까? 미리 포기할 필요는 없다. 수피의 격언처럼 어딘가에 진짜 금이 없다면, 가짜 금 따위도 존재하지 않을 것이다.

> 내 기도를 들어주소서
> 나는 기립근이 약해 잘 무너집니다
> 나를 붙잡아 주소서
> 나는 가시뿐 아니라 꽃에도 약합니다
> 외로움에도 약하고 그리움에도 약합니다
> 세상 속에 사는 것에도 약하고
> 세상을 등지는 것에도 약합니다
> 당신이 알다시피 사랑에도 약하고
> 미움에도 뼈저리게 약합니다
> 말주변 없는 내 기도를 들어주소서
> 나는 저항하는 것에도 약하고
> 받아들이는 것에도 약합니다
> 축복에도 약하고 저주에도 약합니다
> ─「저녁기도」부분

나는 류시화의 시를 주로 내 집 주방 식탁에서 읽는다. 이곳은 한국처럼 겨울날에는 저녁이 빨리 와 천장에서 내려온 식탁 전등 하나만 켜고 시를 읽는다. 그가 한 편 한 편 보내준 시들이 마치 폴란드의 긴 겨울밤을 밝혀 주는 특별한 겨울 반딧불이들처럼 나를 에워싼 어둠 속에서 반짝인다. 나는 문학 전공자라고 해서 류시화의 시를 평가할 생각은 조금도 없다. 나는 그의 시를 좋아한다. 그의 시는 내 심장 가까이 다가온다. 지친 영혼에게 주는 위로와 희망이 그의 모든 시 속에 흐른다. 그의 시를 소리 내어 읽을 때마다 나는 몸이 떨린다. 모든 시는 자전적이지만 그의 시 속 화자는 내게 삼인칭이 될 수 없다. 그 화자는 마법처럼 나 자신이 되어 버린다. 그것이 좋은 시가 가진 힘일 것이다.

어떻게든 살아가
어떻게든 살아가
꼬투리의 마른 껍질 부서지는 소리를
기도 소리로 들으면서
그렇다, 한 번의 봄이 더 올 것이고
푸른 생의 외침들이 솟아날 것이다
그러면 새로 돋아난 줄기 끝에서 넓고
노란 꽃들이 다시 춤출 것이고
꼬투리마다에 익명의 씨앗이 가득할 것이다
바람에 반쯤 꺾인다 할지라도
더 원해, 더 원해

더 많은 봄을,

하고 바스락거리며

─「야생 부용 연대기」 부분

한 편의 시를 쓴다는 것은 거대한 계곡 아래로 한 장의 장미 꽃잎을 떨어뜨리고 그 메아리를 듣는 것과 같다고 미국 시인 돈 마르케즈는 말했다. 그렇다면 한 편의 시를 읽는 것은 우리의 가슴속으로 꽃잎 한 장을 떨어뜨리고 그 울림에 귀를 기울이는 것과 같을 것이다.

인간 모두는 시인이며 삶이 그 시다. 시인은 단순히 그것을 언어로 적는 사람일 뿐이다. 당신이 가슴속에 꽃을 갖고 있다면 당신은 검은 흙을 헤치고 피어나는 꽃을 알아볼 것이다. '새가 하늘을 날 수 있는 것은 자신 안에 하늘을 가지고 태어났기 때문이고/ 불완전한 단어들이 모여 시가 될 수 있는 것은 가슴 안에 시가 있기 때문'(「바람이 불면 겨울나무가 되라는 말」 중에서)이다. 그래서 사랑하는 것을 따라가면 길을 잃지 않는다.

한 수도자가 물었다.

"자연의 경이로움보다 더 큰 기적이 있을까요?"

스승이 말했다.

"있다. 자연의 경이로움을 알아차리는 너 자신이다."

나는 나 자신에게 묻곤 한다. 왜 해마다 똑같은 장소에 가서 이미 알고 있는 풍경을 보느냐고. 이마로 언 눈을 뚫고 솟아올라 보라색 심장을 열어젖히고서 태양과 황금빛 입맞춤을 교환하는 크로커스 꽃들 말이다. 그것은 내가 왜 류시화의 시를 읽는가 하는 이유와 같다. 아름답고 순수한 것에게로 돌아가는 일이 가능함을 나 자신에게 일깨우기 위해 그렇게 한다. 이 세상의 경이로움에 놀라워하는 순간의 가치를 나 자신에게 상기시키기 위해서 그렇게 한다. 희망의 방식을 다시 또다시 배우기 위해서 그렇게 한다. 삶은 살아볼 만한 가치가 있음을 나 자신에게 확신시키기 위해 그렇게 한다. 오늘은 나의 몫이고 내일은 신의 몫이라고 되뇌이기 위해.

만약 원한다면
야생화처럼 살라
단, 꽃을 피우라
꼭
다음 봄까지
살아남으라
　―「야생화」

• 레나타 체칼스카는 폴란드 크라쿠프에 있는 야기엘론스키대학 아시아학과 교수이며 한국학 부장이다. 노벨문학상 수상자인 폴란드 시인 비스와바 쉼보르스카, 체스와프 미워시와 친분을 갖고 이들의 시를 힌디어로 번역했다.

『꽃샘바람에 흔들린다면 너는 꽃』시낭송

그런 사람
시낭송_류시화

저녁기도
시낭송_류시화

내가 원하는 것
시낭송_류시화

나는 투표했다
낭송_오유경·류시화

말더듬이의 기도
시낭송_김혜자

비밀
시낭송_류시화

누군가 침묵하고 있다고 해서
시낭송_류시화

● 휴대폰 카메라로 QR코드를 인식하면 시낭송 영상으로 연결됩니다.

꽃샘바람에 흔들린다면 너는 꽃

2022년 4월 11일 1판 1쇄 발행
2023년 3월 20일 1판 21쇄 발행

지은이_류시화

발행인_황은희·장건태
책임편집_오하라
편집_최민화·마선영·박세연
마케팅_황혜란·안혜인
디자인_행복한물고기Happyfish
제작_제이오

펴낸곳_수오서재
주소_경기도 파주시 돌곶이길 170-2(10883)
등록_2012년 3월 20일(제2012-000255호)
전화 031-955-9790 팩스 031-946-9796
이메일 info@suobooks.com
www.suobooks.com
ISBN 979-11-90382-61-8 03810
책값은 뒤표지에 있습니다